10th Anniversary

因 為 相 信 ＿＿＿＿＿ ， 所 以 堅 強

選 擇 我 們 相 信 的　 繼 續 勇 敢 而 倔 強　 走 自 己 的 路

自 轉 星 球

在 自 己 的 小 宇 宙 裡　 用 眼 睛　 看 見 世 界 真 實 的 樣 子

獻給我的家人

Especially for Mary.

我想記得你
現在的樣子

Fion寫給孩子的生活日記

CONTENTS

opening 媽媽的夢

012   3 歲與 103 歲 我感覺自己走進二十歲的夢裡。

026   *Fion's Recipe* 媽媽滷肉香

chapter 1 最後一年？

030   李子樹 生命很短，不該浪費在不喜歡的事情上。

038   WORRY DOLL 擔心娃娃 走到了夢裡，是這樣無法前進的感覺嗎？

044   把拔的迫不及待 他每天高喊，我的女兒要來了。

046   *Fion's whisper* 你是誰？

048   貓熊 花了點時間，終究會找到適合彼此也舒服的擁抱方式。

056   *Fion's whisper* 小手

060   *Fion's Recipe* 糖煮李子

chapter 2 華德福圈圈

064   檸檬樹 也許，當我們不再害怕偶爾失去平衡，才能達到真正的平衡。

068   選擇 媽媽無時不擔心著你們跟不上現實的社會競爭。

074   始終一個圓 Mia 的奶奶做了華德福教育風格的圓型生日蛋糕。

077   MAYPOLE TREE DANCES 五月柱舞 寒冷黑暗的冬季已是過去式。

081   星星和蜂蠟香氣的螺旋 走進螺旋分享溫暖，找到自己內在的光。

086   *Fion's Recipe* 檸檬罌粟籽馬芬

chapter 3 **跟你們一起成長**

090　**葡萄樹** *時間總在尋不到印記之間，擦拭而過。*

094　3 IS A MAGIC NUMBER *我盼自己學妳用單純的心念對應繁瑣的人生。*

100　**第一個書包** *另一個階段開始，我告訴自己寂寞再深，也要陪著你走。*

104　*Fion's whisper* 今天成功了嗎？

106　**媽媽唱首歌** *妳沒有不耐煩，反而是興奮地教我。*

112　*Mia sing a song* 不穿衣服變彩虹

116　*Fion's Recipe* 葡萄堅果小船

chapter 4 **家與家鄉**

120　**媽媽牌蛋糕** *奶奶教的點心菜餚，媽媽都小心地寫下筆記。*

130　**我們大人，通常叫它作「愛情」**
　　　我堅持用中文和你聊，那是要跟著你一輩子的聲音和話語。

132　*Fion's whisper* 水果王子

134　**小情人** *世界上的媽媽是不是都在尋求自己與家庭間的完美位置？*

140　*Fion's whisper* 50 公分的那些日子

142　**女子** *你們遊戲的咯咯笑聲，媽媽很寶貝。*

150　*Mia sing a song* 他是我弟弟

156　*Fion's Recipe* 溫熱手心的小鬆餅＆奶奶的香蕉蛋糕

chapter 5 當我培育著花園

162 **蘋果樹** 因為你們的加入，才能慢下來欣賞遺忘的、漏掉的。

168 **小樹和小小樹** 原來與五歲夥伴同工，跟自己獨自演出一樣好。

172 **草莓甜** 家和故鄉，在不一樣的地方。而我何其幸運有你陪著我。

174 *Fion's Recipe* 孩子愛吃的草莓巧克力

176 MOM, LOOK AT MY NEW SMILE 一輩子難以割掉的隱形線牽著妳我。

178 **天真** 我常常用六歲或兩歲的視野，畫幾張畫，交換某顆相通的心。

184 *Lulu sing a song* 看到冒煙都吹吹

188 *Fion's Recipe* 香烤焦糖蘋果鬆餅

to be continue... 與自己重新相遇

192 **栗子樹** 「希望妳在我們都喜愛的大自然裡，能找到一個新的自己。」

202 *Fion's Recipe* 栗子飯 & 香草蜜栗子

209 *Fion's whisper* 寫在最後

媽媽的夢

媽媽三十歲前的人生，一直在尋找一個有
老木頭地板、老窗框的家園。

跟著你們和爸爸來到南半球時終於遇見了。
我幻想著要拿出所有珍藏的杯盤，要在這
終於找到的、同時也是第一個屬於自己的
家裡好好跟朋友們辦幾場不醉不歸的聚會。

只不過於此同時，心屬的與會者們，卻都
在地球彼端的北半球。

3歲與103歲

　　踏進這個103歲的木造房子之前，媽媽的心情一直太過緊繃，很少有餘裕的心腦去對其他事物產生關心，說明白一點，「冷漠」是最貼切的形容詞。不吵不鬧地在自己畫的框框內，做好妻子、媽媽與自己，只偶爾跟路過的小驢子示好。那時，我們居住的地方，才經歷一場城市接近半毀的地震侵襲，很多人的房子壞了，家園毀了，即便還是有部分的地區未受波及，部分人民保住了可以安身的房子，精神深處仍被這說來就來、毫不留情的地牛給抓得在心裡留下傷痕。

　　地震後的兩年間，半毀的城市鬧起房荒，不管出租、出售，再不起眼的建案都能在極短時間內順利脫手，我們原本住的那後花園有滿山盈綠葡萄的小厝，也因為房東想趁好時機脫手出售，導至我們如同受災戶一樣，得趕緊尋覓下一個落腳處。

　　每兩分鐘就刷新房仲公司的網頁，眼看必須搬離的日期越靠越近，心裡的焦急感也就越難以安撫。儘管有公婆家可以暫住、旅館可以月租等暫時化解危機的方案，心裡終究還是想要一個屬於自己的地方。

「smelly（爸爸這樣稱呼媽媽），準備，我們等下去看一個案子。」爸爸早一步刷新網頁，一看到符合條件的案件熱騰騰地被放上網頁，還不到房仲開放的參觀時間，就誠懇地拜託他讓我們提前參觀房子，爸爸一向是說服高手，媽媽打心底佩服他這能力，我不敢說的，他都幫我說出口。

　　結果依約在下午 4:00 前往參觀這個房子的，還有其他三組同我們一樣的小家庭，大家都需要找個安身處。現場四對八人點頭打招呼之間，在彼此互不知情的狀況下，都驚訝也隱約帶點敵意。

　　這是間離河邊很近的房子，103 歲的木造厝，潔白的木造窗框在前院的蔥綠大樹包圍裡，更顯得清新可愛，媽媽總是幻想要住在有木頭窗框的房子，寧可不要符合現代化、關開順手、防風擋寒的雙層鋁窗。總覺得視覺性比實用性重要，這是一種與生俱來改不了的偏好。

　　這老舊的木門開啟時，因為木片有一點歪，得使上多一點力氣，身體因為用力而跟著木門一起往內倒的仲介，在他開門的同時深呼了一口氣。而門外的四組夫妻，屏息靜待仲介說可以走進門的一刻，心緒裡，緊張感與期待感並存著。

　　安靜的空氣裡，我聽見自己的心跳。

不得了。

入門後印入眼簾的，是一連串紅花、白花、黃花和令人想撲上前環抱的一畝古典粉色繡球花田，左側高聳的蕨樹是為了讓主臥房有些間接遮蔽、但又不至於擋住太多自然光線的置入，右側白色木條牆上，有剛綁上的新鐵絲，鐵絲是準備給地上一株乳白色的蔓性玫瑰攀爬的牽引。因為是特別整理好要出售的房子，花園都是才剛理過的美好模樣，就像雜誌上那些家居範例一樣。

乳灰色的大門上，是一片六〇年代的金色花樣毛玻璃，玻璃上有一個銀灰色的轉鈕，像是歐洲老郵局櫃檯裡，呼叫櫃員時用的，聲音清脆的響鈴。

開門後的長廊，以及長廊之後的每個轉彎，媽媽幾乎是用手按壓著心臟參觀完，我試圖讓心跳聲安靜一點，只是不知道臉上是否早已露餡表明自己的喜歡。每條寬十公分拼接、長年來只使用德國出產的有機木油來保護的大片地板，漂亮年輪清晰地一直誘惑我的心眼。

一向喜歡木頭溫潤質感的媽媽，忍不住用手心來回撫摸這一片將近百年的老地板，記得上一次遇見這樣讓人怦然心動的老地板，是十年前在紐約蘇活區，一整片從前門通到後院的老木頭地板，走起來會有咿咿

歪歪的聲響。老木頭上有些白蟻侵蝕的痕跡、年輪樹疤的印記，西方的人們都叫這些為「個性」。

　　當媽媽走進這間房子，遇見同樣暖灰大門、同樣寬板的老木頭地板，一路遷徙的浮沉、陷入彷徨與接近沒頂的種種感受，突然有了釋放之感。當然也有「我是不是快走到人生盡頭？！」的傻念頭，不然怎麼上帝又給了我這樣一片，夢想中的老木頭地板。

　　我感覺自己走進二十歲的夢裡。

　　沒有重新裝潢的浴室和廚房，是老屋主保留給新屋主發揮想像的空間，儘管都是一片白色的基調，還是可以看出跟全新的白有些落差，羅馬式古典的白搪瓷浴缸，還是看得見一點努力刷洗卻未能褪去的斑黃。廚房中央，擺著一座四爐口、靠電力起熱度的老式爐，有兩大兩小的螺旋鐵管，下面是一體成型的大烤箱和保溫箱，整座白鐵老爐性能依然完好，媽媽不會想要換掉它……

　　房子都還不知道是誰的，心裡早已踰越地開始規劃。

夢想，在我們的童年早已存在。媽媽很高興自己愛作夢的功力沒有因為到了南半球而失靈。

　　拍賣廳裡審判官的木槌還沒敲下去之前，有好幾個競爭對手都可能擁有它，競標還沒開始，媽媽便下令：「如果是我們得標，請不要放任何傢俱，我要躺在地上好好摸上一個月。」

　　競標過程跟電視節目裡拍賣名畫古物那樣，買家舉手喊價，拍賣廳裡是灰色和深藍色的冷調，功能可能是幫助降低競標者的血壓，媽媽自顧地猜想著，畢竟這場面，對她來說太過刺激，需要不斷調整呼吸。這種局面，當然都只有一家歡樂幾家愁。拍賣官在預定的時間下午 3:30，西裝筆挺地走向講台，先是介紹案件內容，接著請有興趣的人們舉手喊價。爸爸媽媽，並沒有像連續劇裡演的，緊握彼此的手心，表示同心。但兩個人的心跳節奏倒一致如軍隊前進的鋼鐵步伐，堅決有力。我們各自雙手合十，放在靠心臟很近的地方。

　　「沒關係的，我還有最後的五萬，如果真的最後差一點點，你一定要再喊過別人，差一點可以湊得到的。」媽媽在競標前又翻出私房錢。

　　「知道，會看情況的，標太高我們壓力也太大，這個沒了，還會有更適合我們的會出現。」爸爸則試著替萬一落標找出路。

空氣裡一片寂靜。

拍賣官的木槌敲下前的 5 秒鐘，心跳像是初吻時，急速從七十下跳到兩百下。「砰！」爸爸媽媽的眼睛被木槌聲嚇到閉起來。

伶牙俐齒的拍賣官，讀唸出史都華的名字，說了恭喜。

爸爸媽媽互相擁抱，這一次就跟連續劇裡演的一樣，牽手笑著走出拍賣廳。

孩子，請把夢想，一直裝在你的行李中。媽媽看不出來它有多重、多難攜帶，但媽媽知道，大部分的人一開始，都是一無所有，但因為夢想，到後來應有盡有。我所謂的應有盡有，並不是奢華富貴的生活，比較確切的應該是，夢，將帶著你的身軀一步一步地去感受世界，直到你心靈滿溢、滿意，當然這過程中，不安和希望總是同時存在。

媽媽三十歲前的人生，一直在尋找一個有老木頭地板、老窗框的家園，跟著你們和爸爸來到南半球時，終於遇見了。我幻想著要拿出所有

珍藏的杯盤，要在這終於找到的、同時也是第一個屬於自己的家裡面，好好跟朋友們辦幾場不醉不歸的聚會，只不過於此同時，心屬的與會者們，卻都在地球彼端的北半球。

也許，夢想同時也是一場注定要孤獨的旅行。

但媽媽要謝謝你們的爸爸，很寬容地讓我一手決定所有的佈置，所以這次沒有吵到快離婚，我想他是「讓我」，讓我能藉著佈置喜歡的氣氛，早日在心房裡建構另一個叫「家」的所在。

如果，有一天你們像我一樣，不知不覺地已經走到曾經的夢想裡，卻忽然失去方向，不知道槳和舵該往東還是往西，沒關係的，記得重新起一個夢。回頭想想，翻書看看，在文字的流動裡，一定會幫你呼喚起一些曾經的喜歡過，卻還未能碰觸的人或事。

生命，總是在自己的啼哭中開始的，所以不管你們將來如何，媽媽想提醒你們，不要害怕哭泣，情緒是幫助你們瞭解自己，哭泣之後，你會更清楚自己。

在生命往前的路上，要時而低頭省思，時而開心歡笑，挫折會有、快樂也有，需要安慰的時候也有，需要哭泣的時候也有，不管走在哪一

個十字路口上，都會需要一帖叫做答案的藥方，那麼，書裡、旋律裡、朋友關係裡、花園裡，或有時候可能是漸黑的暮色裡，或者外星人的世界裡，你都會找到療癒自己的一帖藥方。

同時你們要當一個可以帶給別人溫暖的人，哪怕只有一點點，也許都會形成別人生命裡的一點亮色。

端坐在我們四口的第一個家裡，餐廳的落地窗外，草木新芽一片盈綠，正午的陽光把白色木頭窗照得發亮，粉色的繡球花即將下場，接著換紅色的蘋果上場。

你爬在蘋果樹上，蘋果樹爺爺被你晃了幾下，掉下幾顆山蘋果，你謹慎地又爬下樹，用嫩嫩的小手打算捧著蘋果來給我，我的心情此刻如花籃般綻放，在日記裡草草畫下你小小身體，胖胖小腿跑的途中停了又跑，小手一直小心地保護蘋果，細細的髮絲在空氣裡飄蕩。

我想記得你現在的樣子。
3 歲獨有的小而美好，在這 103 歲的房子裡。

來自花園的食材

記得搬進這個一百歲的房子時，前屋主手繪了一張花園簡圖給接下來即將接手的買家，目的是想要讓他們知道這花園有些什麼植物、水果、蔬菜。右側一整排用磚頭隔起來的菜園，是前屋主種植有機生菜、蕃茄、香草的園地。

簡圖上寫著：「生菜沙拉，已經在花園裡等你們了！」前屋主在交屋前，還特地前來把生菜照顧一番。接手的媽媽我，是花園新手，對於農婦這個新任務感到擔心害怕。怕弄壞人家的菜田、擔心雜草的抽長顯露我的不盡責。

中國人做菜怎麼少的了蔥，但這裡賣菜不送蔥，還貴得要命，媽媽於是發揮主婦精算念頭，練習種蔥。把買來的蔥前段綠色炒了宮保雞丁，蔥白 1/3 部分插到土壤裡，澆了些水後便任由它生長。蔥，這好孩子，像是給了媽媽打一陣強心劑，約莫兩個禮拜後，綠油油直挺挺地在清晨的陽光裡伸展。收成第一把蔥時，剛好是家鄉的農曆新年，媽媽想念年節的滷肉香，於是也練習燉了一鍋帶有蔥香的滷肉，想讓孩子知道中國新年，我們多半有這道香氣。

Fion's Recipe

媽媽滷肉香

準備材料：

五花肉 800g 左右、水煮蛋 4~5 顆、青蔥 1 把切段、薑片 3~4 片、蒜頭 3~4 瓣、冰糖 2 大匙、辣椒 1 根去籽、米酒 1 杯（約 100ml）、醬油 1 杯 (約 100ml)、水（約蓋過肉的份量）、八角 3~4 顆、市售滷包 1 包、可樂半瓶（自由選項）

製作步驟：

1. 取一鐵鍋，放入五花肉，先用小火慢慢把油脂逼出。
2. 轉大火，熱炒五花肉，並放入蔥段、薑片及蒜頭炒香。
3. 加入紅辣椒續拌炒後，倒入醬油、米酒、水、冰糖、八角、可樂、水煮蛋和滷包，轉小火滷 1~2 小時至食材上色即完成。

Tips：肉先炒過，比較可以維持肉塊完整性。因長時間燉煮容易碎爛。滷肉冰置一個晚上，隔天食用更入味。滷汁也可以滷蛋，表面上色後取出風乾一晚，或冰置於冰箱一晚，蛋皮口感會變硬，更有彈性。

接近中國年的這晚，我用了這道菜，把我們一家四口拉近了。餐桌上有說有笑。香噴噴的滷汁、拌上一顆滷蛋，是媽媽用來安慰自己、解鄉愁的家鄉菜。也是她想讓孩子記得的媽媽味道，那是一輩子要放在心底的陪伴，亦是一種家鄉的傳承。

最後一年？

　　鑰匙打開了家門，熟悉的擺設、帶著記憶的氣味撲鼻而上，媽媽才確定自己的身體再度處在南半球島嶼，那個她孩子的家鄉、她的異國。

　　「生命很短，不該浪費在不喜歡的事情上。」於是，媽媽假設真的只剩一年，那麼，她會多麼努力地過完這一年。

　　這麼一想，不知不覺地珍惜了起來……

李子樹

「如果真那麼不喜歡，我們隨時可以走，生命很短，不要浪費在不喜歡的事情上。」媽媽搭機返紐，開始生活在南半球的第二年頭，爸爸接機時送上這段話。「什麼？你說什麼？我的葡萄樹長怎麼樣了？葡萄長出來了嗎？」媽媽身心都被剛度假回來的愉快塞得太滿，不太意識到爸爸話裡的語重心長，只心繫著後花園剛抽新葉的葡萄樹。

一路上經過的樹，掛滿白色粉色的碎花，是藏不住的春天模樣。

鑰匙打開了家門，熟悉的擺設、帶著記憶的氣味撲鼻而上，媽媽才確定自己的身體再度處在南半球島嶼，那個她孩子的家鄉、她的異國。

「生命很短，不該浪費在不喜歡的事情上。」於是，媽媽假設真的只剩一年，那麼，她會多麼努力地過完這一年。

這麼一想，不知不覺地珍惜了起這假設中僅剩一年的南半球生活，她開始幫自己，開始不浪費時間，開始認識馬路的名字、認識每一顆森林裡的果子。她試著從心底真正地笑，當面對她的孩子、和已經默默承

受她冷漠了一年的另一半。在藍得很乾淨、很闊氣的天空下，她試著在春天再深耕一次，就像她的藍莓樹，也許種第二次就成功了。

她看著天空，期盼著。

白色、粉色的碎花落下，樹上開始亮起果實漸層的顏色，就像森林裡即將開起一場夏日豐收祭典似的讓人期待和興奮。

山蘋果的青綠轉紅、白桃子的黃綠轉粉紅、黑莓的淡紅轉褐紫，李子從暗紅變成暗紫色，各自展現最上相的模樣，在這一年就等這季節登場的重要時候。黑莓樹前，有四、五株公公栽種的果樹，李子樹上的李子國、桃子樹上的桃子國、蘋果樹上的蘋果國，聽說都有它們自己的國王和皇后。

「有嗎？還有沒被小鳥吃過的嗎？」媽媽在樹下仰頭打探。「看起來好像都被小鳥吃完了。」站在採水果階梯上的爸爸一邊尋找一邊喃喃自語。「地上的很甜喔，把小鳥啄過的咬掉就好。」一旁的公公隔空提議。媽媽一邊撿拾地上掉落的紅李子，一邊期待傳說中的紫色李子國王出現。

「嘿…smelly, you lucky!」果樹那端遠遠傳來快樂的說話聲。「現在

給你 DHL 私人專送今年度最後一顆、完全沒被小鳥發現的紫色李子國王，我在樹的最高處看到的最後一顆，給你了。」爸爸語帶興奮地小心護送紫色李子國王到媽媽手上，這一分鐘的路程，他小心地用男人豐厚的手心捧著。

第一次嚐到李子國的紫色國王，媽媽終於明白，在這座鄰居間話題不斷的森林地，藏有祕密禮物，在一顆一顆的李子裡，還感覺得到無污染的鮮度和有機自然生長的甜，酸香混著甜美，真的是要有福氣才能搶過小鳥。她心裡感謝護送李子的男人，他沒有放棄一年來幾近憂鬱的她，一路讓著她，包括男人從小愛吃的紫色國王。

每年春夏季節，身體都呼應大地的正常吐息，像聽見森林的邀請，迫不及待想拿起木棍當支撐、穿起雨鞋、戴上草帽，進入森林裡探險。

森林的入口，有幾株野生的黑莓，蔓生的黑莓花莖帶刺，扎手的很。可愛的小白花是黑莓花朵，果實原來是從花蕊裡蹦出來，再慢慢變成蛋糕上漂亮的黑鑽。爸爸說四月是採黑莓的季節，媽媽說她也要跟。

長長的森林隧道後面，是附近鄰居說的美妙境地，走過一片芒草、跨過一段小川流、不時披荊斬棘、俯身跨越通電的柵欄，還好一路上有清甜的野生藍莓、黑梅不時幫忙打氣，像是陪你說話的朋友，晶亮如森林裡的黑寶石。我們一邊穿越，一邊喘氣，因為野草長滿了小徑，把路給封住了，還得繞道而行繼續前進，想不到這一路上膽戰心驚，遇上由遠而近、身軀越見龐大的牛群，牠們正經的眼神和不苟顏笑的表情，嚴肅警告人們不要侵犯地盤，令人不知所措得手心冒汗，猶豫著要不要把手上一袋豐收的黑莓請他們吃了？！

「大家都先蹲下好了。」爸爸建議著。「噓，不要哭，牛牛想要睡覺，被我們吵醒了，不要哭，不要吵他們。」媽媽試著安慰同行的孩子。「我們蹲著慢慢走過去。」爸爸帶頭先蹲著走。

接著眼前一小山的古典色繡球花出現，就在那一段差點被牛群綁架的野草小徑之後，媽媽一身的冷汗頓時回暖。她感嘆繡球花田上的古典顏色，每一畝怎麼美麗得這樣不像話。是因為野生雜交所形成的配色？還是因為野地土壤的酸鹼值很不平均造成的色澤？她腦中打著問號，手裡早已迫不及待地拔了一大把要帶回家。

「媽咪，come on，跟著我走，前面有小河。」Mia 在金黃色的麥田裡回頭叫喊。

ckberries

媽媽在一片麥田中,攬了一些新鮮空氣。以後,還是要跟著這個孩子繼續未來的路,繼續地找適合的空氣和土壤。

她心裡知道,過了春夏秋冬,重新綻放的那一天還是會到來。

摘下繡球和李子的那天,剛好是台灣農曆年的開工日,沒有老闆的她就把一大把繡球當作開工紅包發給自己。剛洗好的玻璃窗明肌淨,白色琺瑯盤裡有黃色和紅色的李子,洗好的衣服被微風吹得輕輕飄動。

媽媽赤腳站在有點水氣的草皮上,望著越來越深的暮色,想起摯友分享過的一段話:「Everything will be alright in the end so, if it's not alright, it's not quite the end.」

WORRY DOLL
擔心娃娃

「妳書包又沒放進房間掛好！」媽媽帶點斥責的語調碎唸剛放學回來的 Mia。

「一回來每樣東西都放回他們的家，等下就不用再花時間收，不是嗎？」媽媽繼續對女兒碎唸這已經講了一年多的相同句子。

「媽咪，我給妳看一樣東西，今天 Ella 送我的。」這孩子似乎沒在聽，從書包拿出一個小小的橘紅色紙捲，握在手心裡，用她白白嫩嫩、六歲的小手小心地旋開紙張，那天她綁著兩條辮子，是媽媽喜歡的小女孩模樣。

「Ella 說她叫 worry doll，妳可以放在枕頭下面，如果妳心情不好，放在枕頭下，晚上睡覺她就會幫妳把傷心帶走了，明天妳就 Happy 了。」Mia 用中文誠懇地向媽媽介紹手中的小禮物，小小彩色的娃娃，只有一隻手指頭的尺寸，是中美洲一帶小國家的手工小娃，一些兒童醫院也用來安撫孩子的不安，尤其是經歷地震和災難國家的孩子們。

「那麼神奇？借我看一下？」媽媽感興趣地探頭細看娃娃，那個小樣子，可愛得讓她也想疼愛，或者說她也想請 worry doll 把傷心帶走，只是實話到了嘴邊停了下來，她畢竟是一個媽媽，在孩子面前總得裝幾分堅強。她好，孩子才好，她穩，孩子才穩。

「那我送妳，沒關係，我再問 Ella 在哪買的，媽，我送妳。」一向傻大姊個性的女兒大方地送出手心裡的小偶，看起來一點都不可惜小禮物的轉手，隨即自顧自在後花園玩起她的玩偶劇。

她像是看穿了媽媽渴望安慰的表情中，還夾雜著不被了解的憂傷。

娃娃身穿一件手工紡織的彩色條紋連身裙，眼睛是一條黑棉線、一條白棉線的刺繡，媽媽輕輕撫著手掌心裡的擔心娃娃，然後謹慎放進胸前的口袋裡，並刻意緊壓口袋的開口，口袋離心臟很近。

什麼時候開始媽媽也相信神話了？如病人尋求有效處方籤一般。

「我也不知道為什麼自己不快樂，有些想家，我離家鄉很遠，我離

開了我的父母親，遠離了我的朋友，把喜歡的工作也給放了……明明以前出國鮮少打電話回家，那個一向獨立的自己到哪裡去了？現在我不再畫小房子了，是因為已經找到夢想中的房子了嗎？是因為已經走到夢裡所以只能飄著、飄著，不需要再像以前拼命地旅行和走路，在不同的城市找尋令人心動的家園了嗎？原來走到了夢裡就是這樣無法前進的感覺嗎？」

　　她按照孩子說的，睡前把小娃放在枕頭下，在空氣中與小娃對話，然後沉沉睡去，眼睫毛下留下溫熱的淚水。

　　「白雪公主吃了毒蘋果以後，就沉沉睡去，小矮人工作回家後，一直叫不醒白雪公主……」媽媽慵懶地念著圖畫書裡的片段。

　　「然後呢？」孩子問。
　　「然後大家都以為白雪公主死了，七個小矮人輪流熬夜守著白雪公主，希望這樣美麗的女孩能夠醒來，一位王子突然經過，看到這麼漂亮的白雪公主，心裡悲傷惋惜，情不自禁地親了白雪公主一下……」「然後白雪公主就醒來了，從此以後她和王子和七個小矮人就過著幸福快樂的日子。」媽媽草草結束了童話故事，有點打發。

從此，Mia 心裡認為，只要王子親吻一下，公主就必會醒來。她喜歡王子與公主的片段，常把自己打扮成粉紅色的公主。

　　於是訓練她的弟弟，要輕輕跪下來撫摸公主的髮絲，接著俯下身在額頭上溫柔獻上一親吻，當然她自己就是當那個被喚醒的公主。

　　一直到她帶回自己的白雪公主和七矮人地精娃娃，弟弟 Lulu 終於功成身退，不用再當深情的王子，被革職的 Lulu，一下子也就沒了演戲的酬勞，糖果沒了，便哭著跑來跟媽媽訴說心裡的委屈，小嘴巴嘟著，話都講不清楚。

　　地精娃娃沒有五官，這是華德福教育的初衷，對於幼稚園的孩子，盼望多給予想像空間，娃娃的五官就在他們的腦海裡，日子裡有悲有喜，不用永遠笑臉。

　　小矮人地精娃娃，有七個顏色；七片茶樹樹葉，是他們的小盤子；七隻蘋果樹上的小枝，是他們的小湯匙；粉紅粉紫色的三色堇是小矮人們的沙拉、才剛剛結果尚未成熟的山葡萄果子是飯後水果，白雪公主如童話書裡一樣，穿著鮮紅色的長裙。下午三點後，常有一齣話劇時間，媽媽被規定一定要到場觀賞。

「白雪公主今天準備了八份沙拉、八份水果，小矮人們工作了一天肚子很餓，咕嚕咕嚕，一下子就吃完了。」Mia 極投入在她自導自演的劇裡。

「啊，毒蘋果！我忘了要準備一顆毒蘋果。」Mia 突然想起故事的不周到。

「你去拿一顆蘋果，現在你當皇后。」弟弟突然間又有了新職務，是當壞心的皇后要去村裡賣毒蘋果，因為被重視而高興，勤快地跑去拿蘋果，臉上堆滿笑容。

「白雪公主吃了蘋果後，突然很想睡覺……」Mia 倒下了手中的公主布偶，並替她蓋上一條手帕巾當棉被。

「七個小矮人哭得稀里嘩啦。」她在旁邊哭聲悽厲地伴奏。「王子要出現了，王子騎著馬勾摟勾摟，在哭泣的小矮人旁邊停了下來。」她的食指和中指，假裝著馬的腳步。「醒來吧，我是王子來救妳了。」她變成王子，親了蓋著白色手帕的白雪公主。

被喚醒的白雪公主站了起來，與七個小矮人手牽手，與身兼王子和導演和美術道具設計的 Mia，過著幸福快樂的日子。

春天的陽台上，那些嫩嫩的黃、淡淡的粉、新穎的綠、高尚的白，隨著一陣南風吹來的微風搖擺晃動，樹葉也跟著發出沙沙聲響，隔壁鄰居後門上的風鈴，叮、鐺、叮地被風吹響，媽媽笑了，左右迎來的聲響像是獻給這孩子的掌聲：叮叮鐺鐺……

把拔的迫不及待

　　打從把拔從高層次超音波，比護士還快看出妳是女娃，比護士還早說出「female」，他每天高喊，我的女兒要來了，迫不及待向世界宣佈。妳落到世界那一天，他感動得流下淚，鬆開麻麻的手，迫不及待想去跟妳 say hello，想要妳第一眼看見的是他。

　　麻麻去上課，他高興地快快拿出所有他愛吃的零食，這是你們倆單獨的 party time，他迫不及待的想要妳嚐嚐好吃的起士條、巧克力、蘇打冰棒。他上網看看加州迪士尼樂園親子套餐，說要安排四年後的行程，迫不及待想帶妳去 Disney Land，那時你不過才兩個半月。學校有小朋友送他湯瑪士火車貼紙，他小心地收在口袋，說要送妳當禮物，他說小女生都喜歡貼紙。每天每天，他都在問麻麻：「什麼時候 mimi 會跟我玩？」

　　親愛的，我替妳開心，可以來做 JJ 把拔的女兒，他是個天才天才孩子王，我必須要用上兩個天才才能比擬，他依然迫不及待的，想與妳一起參加化妝舞會，想把你高高舉起，想帶妳認識星星太陽和月亮。

Fion's whisper

你是誰？

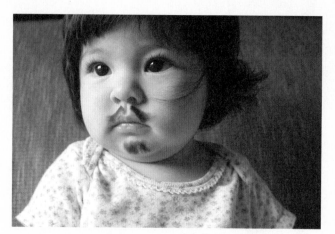

black cat mia

有時候，我覺得妳是小幫手，幫忙煮飯，幫忙把東西丟到垃圾筒，包括我錢包裡的新台幣。有時候，我覺得妳是櫻桃小魔鬼，忙著吃進嘴裡也忙著放進我嘴裡。

有時候，我覺得妳是小孩子，愛作怪的小孩子。有時候，我覺得妳像剛剪了一頭短髮的小丸子，古靈精怪地在打探冰箱裡的巧克力。有時候，我覺得妳像一隻綁了漂亮蝴蝶結的小黑貓，驕縱蠻橫讓人討厭，卻又漂亮得發光閃閃。

有時候，我覺得妳像一隻被人類帶大的小獅子，兇巴巴的性格卻也有柔軟溫順的時候，最容易投降在母親的氣息裡。有時候，我覺得妳像討人厭的番婆，讓人想大叫。

有時候，我覺得妳很厲害，會說法文和外星語，嘰哩咕嚕嘰嚕咕嚕我都聽不懂，妳講法文真好聽。

大部份的時候，妳是個迷人的小女孩，的確，像個小天使。世界最美的東西好像就在我眼前。

謝謝 Mia Jasmine，一歲五·五個月。

貓熊

台北市立動物園裡的貓熊館，最近挺熱鬧，聽說來了一隻小不點，名叫「圓仔」。某天的臉書上，幾乎被圓仔小傢伙在出生後，首次跟貓熊母親圓圓「第一次親密接觸」的練習給洗了板。

事情是這樣的，貓熊屬野生動物，為了防止貓熊母親不小心用大屁股壓坐到剛出生的小貓熊，導至珍貴的小生命死亡等擔憂，動物園把出生才不到六百公克、十公分左右大的粉紅色肉團，放在保溫箱採用人工照顧，直到小貓熊長大到三千公克的大小，才開始一步一步，先遞上圓仔的小蓋被讓母親嗅聞熟悉氣味、用假絨毛貓熊讓媽媽練習擁抱等等更進一步的接觸。

不斷被轉貼的影片當然也轉到媽媽這裡來，從來都不知道動物園也有專屬頻道的媽媽，重覆看了好幾次影片，還回溯了過去的歷史影片，關心著貓熊圓圓懷孕的過程，應該是好奇著是不是跟自己一樣，肚子會變大、走路像鴨子，會不顧形象地張腿癱坐。想起那幾個月原本覺得很長，其實美妙得過短之孕婦生涯，看著圓圓趨慢行走、一步改兩步的下

階梯，貓熊館的保育員斷定她懷孕了。生產那天，圓圓跟所有人類母親一個樣，在臨盆前因為宮縮，得靠來回散步緩和疼痛。接近臨盆前，痛不欲生，身體感覺快被撕成兩半的痛楚襲擊，沒有人能幫得上忙，只能靠母親自己調整呼吸、使盡全身氣力，用吼的、尖叫的、痙攣的、「媽的」、「他媽的」……

粉紅色肉團掉在乾草上。

呼。媽媽深呼一口氣。圓圓完成了偉大的任務。

始終揪著心的媽媽，跟著粉紅色的肉團降臨鬆了口氣，那晚在她自己心裡，輕輕地對圓圓說：「辛苦了，恭喜妳當媽媽，我知道妳很痛，我知道。」

媽媽總在你們睡了之後的深夜，用力地上網，累了還是跟垂下的眼皮抗戰，那是為人母之後所渴望的一丁點個人時光。

接著小圓仔成長飛快，一下子就穿上了貓熊專屬黑色小背心，她很愛睡覺，睡姿跟你們週歲前一個模樣，粉紅色的臉頰、雪嫩的新生肌膚、肥厚的小手、甜純的眼神、趴著、側著、抱著小被被、偶爾踢被、露出如水仙花花莖般白嫩的小腿，我們大人，有時候叫這樣的東西「天使」。

Mia，我想起妳兩歲生日那天，妳爹，發揮了他未曾有機會展露的表演細胞，策劃了很久，只想給妳一個驚喜。他一直是熱血的人，用不完的力氣、停不下來的身體、世界的有趣透過他的血脈，都會被加分上乘。這輩子沒當演員，是可惜了點。

妳兩歲生日前的兩週，我為了讓妳戒掉母奶，也為了自己圓夢，選擇了遠行，這是妳出生後的第一次分離。

聽說妳半夜起來找不到媽咪而哭泣，不要哭，爹地會給妳擁抱，抱好久好久那種。不要哭，我們都不要哭，想起妳又淚流滿面。今晚也要好好睡，不要起來找媽咪，讓爹地可以容易的帶著妳，因為他已經很偉大，自願辛苦犧牲假期，只為了讓媽咪圓夢，圓一場從他五年前認識我時，我就一直掛在嘴邊的夢，我要去巴黎。

當爹地告訴我你半夜哭泣，是在巴黎的早晨，我站在市政廳前努力不掉眼淚。母親思念孩子是這樣的縈繞，我們之間，有一條隱形線，切不斷。市政廳前的旋轉木馬上，有些和妳同年紀的孩子，這些戴著毛線帽的法國小朋友正開懷大笑地等待木馬旋轉飛舞，我完全可以想像如果妳也在這裡的笑容，沒關係，媽咪先來探路，下回帶妳來。妳的氣質很適合巴黎。

台北西門町紅樓附近，有幾間服裝道具出租店，妳爹外國來的都比在地的媽媽還明瞭這城市的細節，一向總是安排妥當、計劃周詳的他，早在生日會前一週，就用背巾背著妳去租貓熊裝，越洋電話裡他跟我描述了一件連身的毛絨裝，頭上有一頂跟圓圓長得一模一樣的立體帽子，他覺得租一天一套九百元，划算極了。他訂好了日期說下禮拜五來拿，同一天我在倫敦用力地行走與呼吸，力行妳爹同時送給我的「一個人旅行」，六天後，我將和妳一樣，第一次近距離靠近貓熊，一個穿黑色小背心、兩邊眼睛有黑色眼影的動物，但他會比動物園的圓圓還高一些。

二月天的台北，氣溫偏低但舒適，我替他鬆口氣，還好外面有些涼涼微風吹。媽媽一到家，身上還有機艙的氣味，妳爹等不及我打開行李，便急切地請我坐下，他小聲地拿出厚絨絨的貓熊裝，有些靦腆，笑著說要先穿給我看，我知道他是想聽到一點讚美，讓他明天多一點自信。

「呵呵。」我輕聲咧嘴笑著。

「可以嗎？」他問。

「很好、很可愛，我想 Mia 一定很喜歡，會想抱抱貓熊。」

「真的嗎？」妳爹有些不安地問。

「恩恩，放心，她會好喜歡。」像給他打上一針強心劑般，媽媽祝他明天表演成功，眼睛有些濕濕的，便趕快起身說要去洗個澡。

隔天一早，他穿著媽媽從英國買回來送他，謝謝他獨自照顧妳的禮物，是一件黑色的皮夾克，對自己總是節省的他像個大孩子，來回照鏡子，臉上有些靦腆。接著他一路抱著妳，坐車到國父紀念館，吹好了氣球、擺好了禮物，跟媽媽使個眼色，說他要準備去換裝了。

妳還小，有彩色的氣球和冰淇淋的陪伴，似乎不太注意到爸爸暫時不見了，兩分鐘後，一隻跟爸爸一樣高的貓熊緩緩地從光復南路上走過來，手裡捧著一個插著兩隻光亮蠟燭的貓熊蛋糕，夾餡是巧克力和櫻桃的口味。

那是他前幾天就先去蛋糕店預訂好的。他驕傲地跟店員說：「我女兒生日要用的，記得做漂亮一點，我以後常來給你買啊。」

怕蠟燭熄滅，所以走得緩慢。

當貓熊一進門，妳呆看了好久，媽媽一邊拿著相機拍照、一邊擦掉忍不住掉下的眼淚，這種父親，太難得擁有。

但妳有些驚嚇，始終保持著距離，不過視線一直停留在貓熊身上。他溫柔地放下蛋糕，用毛茸茸的熊掌跟妳揮揮手，試著逗妳玩，妳依然只是認真狐疑地盯著他黑黑的眼睛，若有所思。

　　他認真地扮演貓熊，一下搖擺屁股、一下左右搖擺，他想讓妳笑。可惜始終，妳都保持著距離。

　　貓熊真的很想與妳做朋友，伸出熊掌想與妳握握手，還獻上了幾顆彩色氣球、也跳了一支舞給妳，我們旁邊的人，都心急地想讓你們能更進一步親近，爹地很熱吧，媽媽分心想著。貓熊跟我們一起唱了生日快樂歌，他再度示好的說想和妳一起切蛋糕，妳答應了！

　　「可以給他一個親親？他送你禮物和氣球噢！」媽媽在旁建議，心裡祈禱著妳能一口答應。妳有點遲疑，卻點頭了。媽媽鬆了口氣，一直擔心快悶壞的爹地。

　　輕輕一吻，點在貓熊的黑色眼睛上。終於，妳和貓熊，還是靠近了。

　　就像動物園裡的圓圓和圓仔，花了點時間，終究會找到適合彼此也舒服的擁抱方式。

Fion's whisper

小手

　　妳的「排隊」，是我看過最誠懇的一種，雙手背在後面，很認真的排隊。等捷運，等算帳，等坐小火車。

　　妳開的「鞋店」，是我遇見最可愛的一間，妳總是很熱心試穿給我看。（但是，老闆……我買應該要我試穿ㄟ？怎麼都是妳試穿？）

　　妳的「美髮店」，每天都開，洗髮沖髮，電棒捲髮，編髮按摩，什麼服務都有，小手的溫柔，是種還蠻令我期待的生活片刻。

　　妳的想像力，總在書本裡飛舞，妳的記憶力，常讓我吃驚，很快的，我快駕馭不了妳的英文，媽媽都不知道蜥蜴叫做Iguana。

　　有時候，妳太急，急著一次要搬完所有的故事書，一次要吃掉全部的花生，然後常常跌倒而哭泣。

　　有時候，妳喜歡帶著娃娃們一起去公園，但是每次帶出去，妳都不理他們，還跟我說「too heavy」，最後都是我得抱。

　　但是，最近有件令我非常開心的事 ── 妳終於可以「睡過夜」了，半夜不再起來找媽媽，完全地斷母奶，完完全全地，我感到非常開心，因為這件事。雖然妳感到委屈，忍著眼淚，眼眶泛紅地試圖想在半夜偷襲。但終究妳還是收起小手，讓眼淚從濃濃的睫毛下滑落。

　　媽媽謝謝妳收起小手，讓想要在哺育三年後，保有一陣子「完整自己」身體的我，稍歇喘息。

來自花園的食材

媽媽小時候，喜歡跟著我的奶奶上傳統市場，市場口前幾攤的水果行，常常擺著紅色的塑膠盤裡有晶瑩砂糖醃的糖漬李子，你們還沒有機會看到媽媽小時候生活的景色，我記在心裡的筆記本裡，期盼有天牽著你們走一趟我喜歡的台灣傳統市場。

糖煮李子

準備材料：

6~8 顆李子洗淨（帶皮、不切）、4~5 大匙二砂（金色砂糖）、一
小茶匙檸檬皮

製作步驟：

1. 取一深鍋，放入半鍋水和砂糖，蓋上鍋蓋，小火煮至滾，中途
要適時攪拌糖。

2. 加入檸檬皮、放入整顆李子，蓋上鍋蓋，維持小火燉煮約 10 分
鐘，如果想煮爛一點可煮 20 分鐘

3. 熄火，放涼後，可將李子切小塊成泥狀，淋於鮮奶油蛋糕、優
格上，或跟冰淇淋拌著吃。

李子是一種適合蜜起來當淋醬保存的水果。在這裡的家庭，除了糖
漬，他們也喜歡糖煮水果。概念同果醬作法，儲存於消毒過的玻璃
瓶裡，冷藏可保存較久。

chapter 2

華德福圈圈

華德福學校的老師，不斷地跟家長說：
「不用著急於孩子沒認識字、不讀書，有
一天，他們都會懂的，急著學，不見得是
最好的方式，時間到了，他們就會。」

來自亞洲的媽媽，則是在學習放寬心
之際，也慢慢跟著孩子在森林與草地之間，
發現季節與果實的可愛和大自然的驚喜。

說也奇怪，在自然生活的晃蕩裡，回
歸到樸實、簡單，卻事事都變得「深刻」了。

檸檬樹

　　自從搬到南半球鄉村裡居住之後，生活欲望日漸變得簡單，昔日城市生活的快板，也不得不漸漸臣服於鄉間的慢調。以往亞洲人一個早上要完成八件事叫作正常的觀念，逐漸修正為一天能辦妥兩件事，今日便能夠打烊，以便慢慢準備晚餐，進入家庭生活。

　　這裡的人是這樣的。小朋友三點放學，回家沒什麼功課，書包裡塞的盡是路上撿的果實、學校樹上摘下的新鮮香草。媽媽泰半會準備午茶點心，讓孩子和來家裡玩的孩子，來一段真實版家家酒下午茶。

　　家裡的晚餐，是一家人重要的相處時間，餐桌，就變成一個重要的場所。鄉村的腹地廣大，家與店之間的距離，都得開車才方便到達，於是，自己「做」，一定比「買」還來得容易，所以媽媽也能在這樣每日的朝夕相處下，累積廚房戰事功力，漸漸與食材變成好朋友，慢慢與香草和蔬果關係變得親密。

　　華德福學校的老師，不斷地跟家長說：「不用著急於孩子沒認識字、

不讀書，有一天，他們都會懂的，急著學，不見得是最好的方式，時間
到了，他們就會。」老師們不斷地給心急的媽媽打信心氧氣，請來自亞
洲的媽媽要放寬心，不是只有讀課本才是學習。

　　童年的玩樂是累積社交的重要練習，玩樂之間其實都是學習。學習
討價還價、學習禮讓、學習談判、也學習合作關係。亞洲媽媽則在學習
放寬心之際，也慢慢地被孩子在森林裡的吟唱給感動得泛淚，慢慢地跟
著孩子在森林與草地之間，發現季節與果實的可愛和大自然的驚喜。比
方一叢綠色野林裡突然探頭出來的晶紅色野莓，原來是蛋糕上常見的野
生覆盆子，比方農地裡親手拔出胡蘿蔔的新鮮感，有一種好難以忘記的
清甜香氣。

　　後花園的檸檬樹，是家裡的新朋友。這裡的人們，遇到孩子出生、
買房子，常送上一棵小樹，喜見其開枝散葉，像媽媽看孩子一樣。朋友
送來這棵檸檬樹，祝福我們有了自己的居所。

　　從結果前開出的小白花，花掉了以後開始長果實，果實漸漸變大熟
成……媽媽像關心剛出生的嬰兒那般，一天湊近臉鼻去親去聞好幾次。
隨手摘下一顆，擠入今晚的鮮魚菜餚提味，心裡這頭迴盪一種說不出來
的樸實喜悅。又有時候，玻璃窗前往上爬的矮牽牛，比形而上學的書本
更讓她滿足。

這就是大自然的力量嗎？春夏秋冬的更軼就能夠替生活帶來說不完的驚奇與喜悅嗎？說也奇怪，在自然生活的晃蕩裡，我們回歸到樸實、簡單，卻事事都變得「深刻」了，一枝花、一棵樹、一段散步、一頓晚餐，扎實地埋進生活軌跡裡。少了城市華麗的調劑，花仙子似乎撒下一手安慰劑，葉片飄落、花粉繽飛間帶給人們的心裡另一種喜悅之感。

　　「也許，當我們不再害怕偶爾失去平衡，才能達到真正的平衡。」失調的城市華麗與飽滿的鄉野生活之間，我得到了這樣的領悟。

選擇

　　聽說，這學校，七歲前不寫字、不讀書，來自亞洲的媽媽，怎麼能不擔心。

　　一開始，媽媽只知道，這是一個來自德國的教育體系，是一位奧地利的哲學家所創，以人為本，注重身體和心靈整體健康和諧發展的全人教育特殊理念。據說第一所華德福學校（Waldorf），是為了德國一間捲菸工廠的員工子女所辦建的。媽媽沒有親身經歷過這樣的教育，帶點不安的決定離開台北，帶你們前往爸爸曾經接受的教育體就讀。

　　記得某個晚上八點，我們吃完晚餐，爸爸從台北公寓的鋁窗看見對面公寓的房間，有個大約小學一年級的孩子認真用功地挑燈寫字閱讀，之於亞洲教育，這一點都不奇怪，但對於他成長時期的印象，似乎嚴肅了點。孩子，應該要玩。爸爸常常這樣碎唸。我們在台北生活的幾年間，那畫面，一直在爸爸心裡，他不要他的孩子那樣，因為他是玩大的。

　　華德福的教學法，大抵將兒童的成長分成三個階段，每個階段大約

七年。托兒所和幼稚園期間，著重在實踐和手工活動，他們注重季節、節氣色彩、利用自然的果實、石頭、樹葉、蔬菜水果、花園裡的吞吐，點燃每個小孩與生俱有的生活學習熱情，把自然當做一件理所當然的事情來看待，培養生命裡與自然吐息並存的美感。到了七歲後，約是台灣學制的一年級，開始利用季節與生活的相關性，用蠟筆繪畫出抽象的文字，有點類似中文的象形文字，讓孩子從圖形裡認識文字，媽媽一開始驚訝，他們從草寫字體開始學習，不同於一般把字體工整書寫好的概念，像在畫畫，從畫裡玩出文字。

從幼稚園到小學三年級，在這個教育系統裡的確不使用書本，但孩子會大量地聽故事、朗誦與歌唱，華德福的孩子是從傾聽中學習，而非從閱讀。他們因此變得善於聆聽，一方面也培養出說故事和想像的能力。有些人說這教育偶爾太過天馬行空，也的確如此，媽媽每天行走校園，的確有如闖進花仙子樂園的錯覺，但暫時放下擔心後，卻又能從孩子們無邪、具有穿透力而毫無半分矜持的叫喊聲中，感受到生命的自然美感和作為孩子的理所當然。

你說他們成天在玩，但老師教爸爸媽媽說，他們其實從玩樂裡，已經在學習大人所需的社交技能、溝通技能、合作共工、分享與照顧。比方他們從演話劇裡，要學習分配好誰當國王、誰當公主？劇才能順利演出。或者今天誰要拿掃把、誰拿畚箕，一起完成花圃的共工。這些，

老師讓孩子自己溝通，自己挑選，漸漸他們找到屬於自己懂得的社交方式。這部分就是所謂學習生活上的社會技能，和分析、理解的能力。

到了三年級之後，他們開始閱讀，也由於這些孩子，其實早就對書本、文字、閱讀充滿了無限好奇，只是一直未能正式閱讀，到他們可以真正學習時，是會全心全意付出、認真的，因此，他們在前面階段比別的孩子還要慢的閱讀、書寫，在三年級後便因滿懷熱度而一擁追上、甚至超前。換個說法，孩子玩夠了，便願意好好靜下來念書，這也呼應德式教育裡一種逐漸加法的模式：「不要急，有一天，他們自然會的。」

在華德福教育裡，音樂和歌聲，佔據生活好大部分，有人也說，這教育會教出藝術家，是很容易想像得到的。每個孩子，三年級後都得選讀一種樂器，算是必修科目，在春天、夏天的慶典，孩子們組成小小音樂團，在花草樹木下拉彈提琴、豎琴等樂器，伴隨花園裡五彩繽紛的小花小草，當下大人們總是能拋開繁瑣，回到童年的天真與和諧，這對於來自亞洲的媽媽來說，是前所未有，希望能牢牢記在心裡的森林體驗。

華德福教育的宗旨，簡單說是一個「培養全人教育」的概念，他們不讓成長變成一種競賽，而是從手工、動手做、與自然交織的循環裡，由個人經驗中發展出生命的整體性，並獲得概念性的理解，進而變得富有美感，形成豐富的知識。

媽媽會不會擔心你們跟不上現實的社會競爭？

會，媽媽無時不擔心著。

但你們的爸爸受這樣的教育長大成人，變成一個正直負責任的大人，他能夠把工作做到盡美、可以理性分析、感性生活，玩的時候徹底玩耍，偶爾拿出華德福式的嬉皮幽默，會突如其來把吃完冰淇淋的紙盒套在頭上扮演機器人的不正經，還有不管面對什麼，他似乎都能用「沒有這麼困難，可以做到的」這樣的信念，來面對現實生活中的種種。

媽媽持續地給自己信心喊話，期盼我們目前為你們選擇的教育，還是可以在未來充滿競爭的現實社會裡，替你們找到一個可以容身與扮演好角色的位置，春天開花、秋天結果，成熟需要時間，我知道你們終會有屬於自己色彩的一天。

始終一個圓

　　氣溫仍然偏低，尤其起風的時候還是冬天的感覺，即使艷陽高照，身上依舊得穿著針織毛衣，也因為感受不到熱，慢吞吞地跟著小朋友的屁股後面走時，紫外線早就不知不覺把皮膚曬黑，卻一點都不感覺要「躲」。說起美白這件事，在這裡還真難找到知音，我是怪物，他們一直問我為什麼要躲太陽？！

　　好一陣子沒抱怨新生活，因為徹徹底底，臣服在這裡的春天之下。才兩天不見，隔壁人家的大門上，紫藤花已經在半夜，開出淡紫色的花流；對街的櫻花，桃紅粉紅花苞，點點交錯，原來粉紅色的浪漫，不是只有日本才有。粉紅、粉紫、奶白、清綠，皆以不同明度綻放在這城市，美妙得讓媽媽常常駐足發呆，想說應該辦個「南島春天散步團」，紐國南島的春天，是醫心病的良地。

　　華德福的春天，也舞滿了小花小草，還有小朋友。

　　提倡「慢學」教育體制的機構，讓孩子自己從採花／編織／結合，

一點一點地教會一個人深刻的認識季節與環境，儘管有時媽媽還是擔心「怎麼從來都不用讀一本書？」卻也同時臣服在這樣的春天開場儀式，實在美極了。

　　華德福幼稚園裡的孩子，生日那天可以披上彩虹的披風、戴上金色皇冠、手持金銅燭蓋把蠟燭蓋熄（平常都是大孩子才有的專利），今天這位五歲的孩子，剛好是我的女兒，Mia，剛進去學校的第三天，就遇到生日，德國籍的老師給了我們一場難忘的生日詩歌。

　　爸爸因為從小體驗了華德福的學習方式，始終希望至少在孩子的童年裡，天真想像的魔法的作用能延長一點。於是，切割一切的我們，就這樣翻山越嶺而來。

　　Mia 的新老師就像住在森林裡的一位溫柔教母，她用音樂和燭光安撫孩子，她教我用不同的角度欣賞自己的孩子。比方說要欣賞 Mia 的坦率，那不是不禮貌；比方欣賞她大聲說話的氣度，那是她高興的方式。在家裡的我，一直擔心古靈精怪的 Mia 會把森林裡的優雅教母捉弄得披頭散髮……還一直想說要學做德國麵包等著拿去給人家賠不是。

　　結果媽媽想太多了，孩子在她的溫柔羽翼下，一個個收起銳角環抱自己，聆聽自然的美好。媽媽感覺得到，這個「翻山越嶺而來」，也許

不是短時間看得見回報的，但深信會是一個美麗的種植。

　　這次 Mia 的奶奶幫忙做了符合華德福教育風格的自然風蛋糕，老師先是從中間切了一個小圓，再把外圍的大圓切小塊分給孩子，而中心的那塊圓蛋糕，是要讓我們帶回家分享給其他沒來的家人，這種始終還是維持一個圓的切法，我好喜歡也深深記住。

MAYPOLE TREE DANCES
五月柱舞

　　翠綠色的嫩芽從土壤探出頭來，空氣裡不時能聞到水仙和紫藤的濃郁香氣，它們是春天的號角手，是春天忍不住的聲音。

　　在 Mia 的幼稚園裡，有一個「五月柱舞（Maypole tree Dances)」儀式，來自歐洲傳統的舞蹈，也是迎接春天到來的慶典。Maypole tree 指的是在高柱、花柱的頂端結上花花綠綠的彩帶，早期是部分歐洲的傳統儀式，是因為認為人們仰「樹」為生，而發展出的一些對樹木崇拜的儀式，而後慢慢演化成學校給孩子舉辦的春季祭典活動。

　　若把彩帶向圓周拉開，會形成一個彩色圓圈。手持彩帶的人們，一前一後，一上一下地互換位置，繞著圈圈跳舞歌唱，彩帶交織後形成一個五彩繽紛的編織圖騰，而這個編織，意謂著聚首、承載、結合、一起，迎接和共享著春天的到來。

　　像個大家庭的華德福幼稚園，藉著小朋友的手、爸爸媽媽們的手、老師們的小提琴和歌聲旋律，串成一首如小詩的春天開場曲。

在彩帶、花朵、花環的裝點下，也提醒大家，寒冷黑暗的冬季已是過去式，我們可以開始擁抱新的季節，享受溫暖的天氣，欣賞太陽的回歸，和地球的綠化。

我們把春天的這些那些的歡樂和喜悅，放進我們自己的生活和一一甦醒的感官裡。

媽媽，那天，第一次在這個城市裡，感覺到，自己是個有用的人。

清早，河邊的柳樹被春風吹拂搖擺，我們帶了剪刀，剪下蔥綠的柳樹枝條，得回家去葉，並繞成花圈底座。

媽媽像裝上新電池的勁兔，很有力氣、迫不及待地想著手開始，那是她以往拿手的業餘抒情詩，久沒唸，心似乾枯。

剛剪下的柳條，還帶著水氣，枝條軟軟的，很容易凹折，比畫著孩子們的頭圍，繞了一大藍的柳樹圈，祭典上，孩子們排著隊伍，讓媽媽一一幫他們特製鮮花花環，花材來自當天學校後花園裡，或是每個孩子自家花園裡現採下來的，再交由媽媽負責打點成花仙子們的頭飾。

「我想要黃色的感覺。」

「我想要粉紅色的，還要紅色的。」

「那我們加點小白花好嗎？」

媽媽的生意好得讓她笑開懷，體驗到很久未有的滿足與快樂。

她感謝這些金髮、褐髮、棕髮的花仙子，第一次，她感覺到自己是個有用的人，在這個城市裡。

星星和蜂蠟香氣
的螺旋

　　松香、蜂蠟香氣、星星餅乾的薑汁香氣，我們的眼和心，跟著你們這群孩子，慎重地往樹心裡繞進又繞出，願在燭光與樹心所散出來的溫暖之中，在一年最冷、日照最短的這天，讓大家都靠在一起，慶祝光的奇蹟，一起記住我們的生活多麼依賴光。

　　這天，是南半球一年裡最冷的一天，也就是冬至，在台灣，我們在這一天吃湯圓，熱熱的湯圓把家人拉近。

　　而在這裡，我們吃星星餅乾，每個家庭自己烘烤喜歡的星星形狀餅乾，吃了餅乾，感覺也拿得到光所帶來的暖與熱。

　　在暮色漸晚的森林裡，進行了一曲螺旋與燭光的儀式。

　　據說採完花蜜的蜜蜂，回到蜂窩後都會跳舞，科學家發現，蜜蜂藉著舞蹈與太陽的角度，來定位蜜源的位置，跟著跳舞的蜜蜂們，便會順著第一隻蜜蜂的舞蹈，來判斷牠回報的蜜源位置，才出發去採蜜，每日

昇起的太陽，才是蜜蜂重要的維生能源。因為植物需要光，沒了光源，光合作用便無法進行。

　　光，之於生命體，如同食物，如同方向。我們每個人不也是都在尋找自己的方向，尋找內在的光、內在的精神？最終我們不過也都只是在找尋自己內心深處的亮點。

　　而螺旋就像是一個圓；繞於螺旋的路徑，就像是我們每個人的旅程；螺旋心，則意味著自己的中心，螺旋的圖案是被寫進大自然腳本的一個普遍形式，比方蝸牛殼、漸進的花園、宇宙星系裡的軌道蹤跡，都以螺旋的形式環繞著。

　　而冬至螺旋儀式，也可以說是一個精神之旅的象徵和體驗。

　　教室裡很安靜，每個孩子依序起身，拿起自己用蜂蠟作的蠟燭，繞著松樹枝鋪成的螺旋道路單獨行走，帶點像是被光亮天使引導的意謂。每個孩子把他們的蠟燭，沿著路徑選擇一個點輕輕放下後，便回到自己的座位，換另一個孩子上場。

　　漸漸，順著軌跡排列的燭光，形成光的螺旋。與會的孩子們，走進螺旋，也象徵分享溫暖，或者把自己的光亮分給別人，從螺旋心走出，

就像在說，我們找到自己內在的光，內在的本質，然後順著軌道漸出，慢慢走向我們的未來。

　　生命的路上，我們與朋友見面、分享，按照生命的軌跡，一起生活著，有時也團結著。選在年內最冷的一天，日照最短的一天，夜晚最長的一天，我們聚在一起，小聲地慶祝的不只是地球圍繞著太陽運行的軌跡，也是我們每一個人的基礎生活模式。

　　夜色如墨汁一樣濃黑，空氣，是零下的冰冷，經過這一場看似簡單，卻意謂深遠又溫暖的儀式，媽媽再一次，臣服於爸爸的選擇，心想這些一直一直的圈圈，美麗得讓人想跳一支舞。

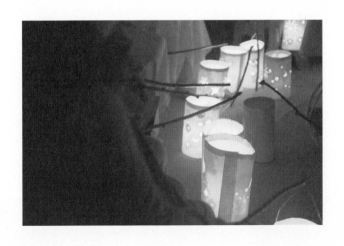

來自花園的食材

　　小一生活的開始，剛好是你的生日，妳的班級變成一班三十個人，而且開始有自己的課桌椅。那天之前我們就一直討論著，今年要帶什麼蛋糕去分給同學？你說不要再是香蕉蛋糕，「一個人一個小馬芬好嗎？」我建議著。

　　把罌粟籽放進材料單裡。媽媽一直很想試試看這個看起來很像黑芝麻的玩意兒。隨著一天要料理三餐、買菜要思考一整個禮拜的練習，烘焙這事，漸漸不麻煩，是忘卻繁瑣的療癒，也像是媽媽的自修課，能學些新東西，心裡都感激。

　　還好，烤得很成功，盯著烤箱時我只有想：「明天不能讓你空手去學校、不能開天窗。」於是我全心全意地照顧這三十個小東西，一直到我滿意覺得自己完成功課。

　　其實很大的原因，我想是因為小一生活的第一天，剛好是你生日，這天對我們家、對妳，都好值得記下來不是。你的小一的第一天，陽光是金黃色，像我們挑的檸檬一樣清澄光亮，我們都很成功，那天。

檸檬罌粟籽馬芬

準備材料：

1+1/2 杯低筋麵粉、3/4 杯細白糖、2 湯匙罌粟籽、2 湯匙椰子粉、3/4 杯牛奶、2 湯匙原味優格、一顆蛋（預先輕輕打散）、50g 無鹽奶油（預先融化）、4 顆檸檬擠汁＋削皮、一湯匙的細砂糖（額外用）

製作步驟：

1. 烤箱預熱 200 度。

2. 攪拌乾粉類：把麵粉、細白糖、罌粟籽、椰子粉放進大碗拌勻。

3. 攪拌溼材類：把牛奶、優格、蛋、3/4 檸檬皮、3/4 檸檬汁、融化的奶油放進另一個碗拌勻。

4. 將溼材 3 倒入步驟 2 的乾粉類，攪拌均勻。

5. 倒入烤模約 7~8 分滿，烤約 12~15 分鐘左右。

6. 剩下的 1/4 檸檬汁，拌入額外一湯匙細砂糖，小火煮滾，塗在馬芬表面，剩下的 1/4 檸檬皮撒上裝飾。

chapter 3

跟你們一起成長

　　時序漸進，三月後花園的牆壁上，爬
滿了漂亮的葡萄葉，翠綠的青蘋果綠色葉
綠邊，開始泛起紫紅色。我們會住進現在
這個房子，好大一半原因，就是因為有這
一片紫色的葡萄樹。

　　葡萄啊葡萄，你結實累累的模樣，像
極了一顆顆紫色的鈴鐺，這是我第二年要
看著你結果了呢。時間總在尋不到印記之
間，擦拭而過。

葡萄樹

星期天的下午我們常去散步，走在前面的 Mia 與爸爸像是忘年情侶，很有話講。

「Mia，以後爹地老了死了會上去天堂，那妳知道要到哪裡找我嗎？」爸爸問。

「去 tennis court ！網球場！」Mia 回答。

「那爹地可以去哪裡找妳？我會很想妳……」

「恩～小朋友的公園！我會在那裡盪鞦韆。」

「那媽咪呢？妳覺得我們可以去哪裡找到媽咪？」爸爸問。

「Lavender farm ！有薰衣草的田！」

原來媽媽在妳心中，迷戀薰衣草到此程度。香氣的確是喜歡，但整片的紫色，應該才是我迷戀之處。

　　南半球的夏天，太陽先生總工作勤勞，毫不吝嗇洋溢它的熱情與溫暖，從清新的早到暮色的晚，二月尤其勤奮。這月間，薰衣草也是搶著上雜誌鏡頭的角色，鄰居家、小河邊、安全島上，向陽的薰衣草直挺挺地向天空伸展，若是一陣風拂面吹來，遠遠地，就會被它獨有的鎮定香氣給說服、給安撫了下來。媽媽很喜歡展開手，像張開翅膀，往這股香氣裡靠近，那一瞬間，什麼都放下了，好像什麼都暫時不要緊了。

　　時序漸進，三月後花園的牆壁上，爬滿了漂亮的葡萄葉，翠綠的青蘋果綠色葉緣邊，開始泛起紫紅色，倒不是成片都變色，是一種漂亮的漸層，像水彩紙上的渲染。曾經好幾次想在台北的後花園種起葡萄樹，被在果園長大的爸爸譏笑，妳是懂什麼呢！

　　媽媽記得，會住進現在這個房子，好大一半原因，就是因為有這一片紫色的葡萄樹。連廁所長什麼樣、烤箱長什麼樣，都沒有關係，眼裡只對結實累累的紫葡萄產生關心。房子裡的房間很小，大概只放得下一張雙人床和一個衣櫃，卻留給後陽台足以小跑步的空間。

　　葡萄藤上，結滿一顆一顆葉子的苞，這幾天慢慢旋張了開來，嫩葉

初生就和剛出生的小 baby 一樣，青綠色的果皮薄嫩透點粉紅，暮色漸漸沉下後，葡萄葉們像是睡不著的孩子，不知道偷偷講了多少悄悄話、靜靜地玩了多少遊戲，每每一早，大片藍天下的嫩莖和綠葉，一寸一寸地往前抽長、也張開數不清楚的青綠色五爪葉片，眼前盈綠毫不保留地綻放。

葡萄啊葡萄，你結實累累的模樣，像極了一顆顆紫色的鈴鐺，這是我第二年要看著你結果了呢。時間總在尋不到印記之間，擦拭而過。

南半球的夏天，和我長大的城市台北，很不一樣。中午一樣豔陽高照，但空氣乾燥舒爽，早晚還是會有氣溫偏低的涼意。如同以前在台北看見桂花開了，便知道八月了，現在在南半球看見葡萄轉紫色，便知道是三月的夏天尾巴了。

我們一家人，很常在家裡最寬廣的後花園席地而坐，Mia 偶爾教弟弟 Lulu 唸ㄅㄆㄇ，可愛的是自己明明還看不懂，她總是把白天學校老師的姿態，用在下午可以威風的時間，而弟弟，是她最聽話的學生，只要有得一起玩，不管是要在刺刺的草地上翻滾、要當女王的忠臣男僕，皆奮力順從女王的指令，老二總是逆來順受，而媽媽總在一旁竊笑。有時候，我們也會在這裡吃香菇雞湯麵，媽媽喜歡孩子喝點湯，熱湯，是愛心、是營養、是亞洲人暖身體的叮嚀。她從老師那裡學來了加些培根、

火腿、或者加塊鹹豬肉都可以讓雞湯更為甘甜的撇步，像是得到祖傳祕方一樣珍貴地收在心裡。

練習，期待有一天在嘴裡嚐到飽滿的自然甘甜。

鑄鐵鍋邊冒出白色水蒸氣，等待間媽媽偷閒去翻了翻葡萄樹葉子，關心葡萄長得怎麼樣，卻也一次一次發現葡萄早就不見了，原來，家裡，有一隻愛吃野生葡萄的 Mia 小鳥，手腳比小鳥還快呀。

四月，當我再跟你說起葡萄，就是收成的時候了，它們將會是一串漂亮的紫色模樣：）

3 IS A MAGIC NUMBER

我的獨立，在結婚之後完全崩解。
我的感性，在當了母親之後完全釋放。

沒預料到的大雪，讓隻身帶女孩旅行的我感到悲傷，森林裡的寂
寞，讓我納悶地問自己：「幹嘛來這裡受苦？！」還好，女孩的懂事讓
我不得不挺起肩膀勇敢地在寒冷的森林裡前進；還好，對天空的祈禱奏
效，老天爺給了幾天陽光；還好，我走完了長野縣裡想去的小房子，心
裡踏實許多。

三歲女孩，是我當時的旅行伴侶，她的小皮箱裡，裝了心愛的家家
酒。她幫忙推著皮箱、幫忙買火車票、幫忙找旅館、幫忙找爹地的禮物，
偶爾忘情地在電車裡大聲歌唱，偶爾心情不好地在地上打滾，偶爾調皮
地突然鬆手跑到馬路上。即便我緊張、難堪、被注視著，但我始終好著
性子，因為我尊重著那就是妳，那只是妳三歲會有的風景，不是一輩子
的，讓妳釋放，等下就好了是不是。

三歲的旅人，是這樣子的呀！

我想起妳不喜歡穿衣服，但好愛打扮，自從家裡有了妳，衣櫃沒有一天是整齊的，當妳穿上所有的衣服，跟著音樂節目起舞飛翔，我常常看見了一道像彩虹的幻影從眼前閃過。雖然我已經體驗到，老人家說的：「三歲是個連狗都嫌的年紀。」有時妳真的讓人氣憤，但妳像彩虹一樣的打扮總還是可以澆熄我心裡的怒氣。

舞吧！孩子。

我盼自己常常想起妳這純真美麗的樣子，用這麼單純的心念來對應繁瑣的人生。

我的早晨，被妳的笑聲劃開一條閃耀的軌跡，伴隨耀眼的陽光，閃亮亮地開始。
小小的身體、小擺的草裙。
十公分的比基尼，剛好包著小小的胸脯。
小小的臀隨著草裙搖擺，像一顆裝了電池會左右搖擺的小桃子，可愛得讓人咧嘴微笑。

舞，是妳很有自信也喜歡的事。

樹墩就是妳的舞台，妳說夏威夷舞是這樣跳的，彩虹的花串隨風輕飄，像是為純白淳藍的海洋扮演一道彩虹滑梯，送下一位可愛的花仙子。，妳那陶醉的表情是在等待王子到來嗎？

　　慵懶的我不由得睜大眼睛注視妳，好美的草裙仙子哪！
　　不瞞妳說，即使我是與妳朝夕相處的母親，仍然被妳的天真與真誠舞姿給擄獲全心。

　　舞吧！孩子

　　我盼自己常常想起妳這純真美麗的樣子，用這麼單純的心念來對應繁瑣的人生。

第一個書包

「我如果可以選擇，一定不會選在十二月生下 Lulu。」爸爸某一夜，臉色凝重、語帶感傷地，在我們要回台之前說。

「為什麼？」媽媽問。

「因為這樣我每次都不能親自幫兒子過生日！因為每次十二月你都回台灣！」爹地說完，把被子蓋住整個頭，轉身睡去。他沒辦法接受，每一年你的生日，無法親自在你旁邊，是的，他是這樣的父親，real family man。

無法過他自己那關，於是臨時飛來，跨越南北半球，是真愛來的。

7-11 裡冬至湯圓的促銷海報再次提醒我你的生日，台灣最冷的一天，你來到我身邊，如今我擁有你三年整，翻翻照片回想種種，「多麼謝謝你的陪伴。」媽媽還是只有這句話。儘管在你三歲的這個時候，我偶爾會耐性用完地想在百貨公司外打你屁股，偶爾會想睡到自然醒而把房門鎖起來，不讓你找到我，但始終，我都還是讓你了，我得承認，我無法拒絕，因為太可愛。

漸漸變大的嫩嫩小手捧著我的臉獻上很多親吻，儘管有時候太多，我才剛上好妝的臉真的不想要滿臉口水，但我心底，依然一天一天都珍惜著，你那稚嫩童音叫我一聲「麻媽」：）

　　在廣大的校園奔跑的你只有小小一點，在班上你是唯一一個深褐色髮，你以為要去玩，很興奮地跟姊姊一樣背起了書包，驕傲地表示：「怎樣！我也有！」

　　上回去日本忘了先買好你的書包，有些懊惱，媽媽無聊地認為日本書包總是好看好品質。在這裡跑遍了小店賣場，對於你的第一個書包我很慎重，能在最後一家店找到符合心裡期待的選擇，我深深呼了一口氣、擔心總算放下。

　　因為是你，拿出珍藏的，一直捨不得用的日本水梨模樣手拭巾，給你包了便當。幼稚園早晨十點通常都有早茶的分享，每個人可以帶一顆水果，放進老師的竹籃子裡，第一天，媽媽給你帶了蘋果，是我們家後院那棵八十歲蘋果樹爺爺掉下來給你的，不知道你第一天加入團體生活，是否會過度緊張？放手離開因哭泣抽動小身軀的你，我把眼睛用力地看向天空，天真地希望眼淚能向上逆流。

　　另一個階段開始，我告訴自己寂寞再深，也要陪著你走。

今天成功了嗎？

9：45 分，妳淚汪汪地跟我說，可以自己留在這裡，12：00
來接妳。

我知道，這次妳準備好了，準備好了張開手臂去迎接屬於妳
自己的成長。

9：20 分，比昨天提早 20 分鐘願意沒有媽媽的陪伴，由老師
牽著進門，進去一個有好多小朋友可以陪妳一起玩的地方，我想
妳的小心房早就作好了準備，早就期盼這一天的到來。

雖然看著妳的背影，媽媽不爭氣的淚水又跑到眼眶打轉。

高興也悲傷，高興著因為妳快樂，悲傷著怎麼我的小小女孩
這麼快地可以展翅飛翔。

吃蔬菜，對妳來說是件榮耀的事，所以妳很大聲地跟我分享今天的創舉，但是親愛的，吃到肚子裡就摸不出來了呢！晚餐時間，妳開始分享妳的生活，這是我們第一次，深刻地聽到妳獨自在外的生活。金小炫，那個有帶金色項鍊的男生，今天被老師處罰，因為他亂丟垃圾，我們覺得甜蜜也好笑。這是擁有孩子後，好珍惜、好珍惜的天真時候。

今天成功了嗎？

這是我們之間的暗語，意指著今天是否沒有哭泣，一個人好好地待在幼稚園。多多，是成功後的獎賞。很棒，現在每天都能買兩瓶了。

原本必須要折起來的褲管，現在剛剛好了，我知道妳又長大了。個性一向鮮明的妳，有時候的確叫我束手無策，但我始終相信，好好講，妳會聽得懂。

甜蜜的負荷，我承擔著也享受著。

媽媽唱首歌

我的窩，鴿子窩。

我為我的小鴿子們打開門，讓牠們自由飛翔。

牠們飛上飛下、飛上、飛下，

樹梢的高處，光、亮、了、起來！

當牠們結束了一天快樂，快樂地飛回到家，

牠們會輕輕閉上眼，說聲晚安、晚安。

咕⋯咕⋯咕⋯咕⋯

歌詞的意思大概是這樣，這是妳教我的一首英文兒歌。

從台北回來後，第一次聽妳唱這首歌，心裡好喜歡這首歌的曲調旋律，便一直叫妳重覆歌唱，妳也像個聽話的播放器，play 按鍵隨我的點播不間斷，從妳的小嘴巴放送音樂。

年紀越大，記憶力越不好，真的是無法快速記起來，也或許是媽媽

心空掉的那塊還沒能縫補起來，以致無法全心、專心。

　　但每次問妳下一句是什麼，妳並沒有不耐煩，反而是興奮地教我，還搭配舞蹈跳了起來，像是個充滿愛心、溫和活潑的幼稚園老師。我則像是妳那堆在地上排排站的洋娃娃們（學生），稍息後、再跟著妳的每一句輕吟哼唱。

　　我們的日子倒也像鴿子家一樣，每天我為妳包好便當、開了大門，讓妳去自由地飛。儘管關上門後，我時常會不甘心地哭著，計較起自己多少的割捨，但終究還是在一次又一次地轉念間，把自己暫時隱埋了起來，選擇看妳的飛翔。這些轉念，有時候很沒骨氣、有時候很微弱地像打個噴嚏就會消失。

　　一月，窗外的街上開滿繡球花海，媽媽在一次一次的轉念間，想到繡球花海每年都有，但童年只有一次。

　　「當母親二十年，我一直不願意放棄親自照顧孩子的機會，也不願意放棄自己心中小小的夢想．我沒有把時間用來為兩者之間的選擇做掙扎，只是努力思量該如何善用每一分時間。」這出自《廚房之歌》裡蔡穎卿的語句，同時緩和了我的掙扎。

我總是在妳的遊戲之間，看見驚人的想像能力，圖畫之間，認識了祕密的森林物語，有彩虹、詩歌、樹葉、小溪，感覺搭上妳畫的這班果綠色公車，就可以看見蝴蝶的樂園，斑比的丘陵，小象的池塘，綿羊的草地。

　　透過妳的思緒，我看見了滿山的單純快樂。

　　謝謝妳，可敬的對手。

　　妳說為什麼每次我都叫妳不要欺負弟弟。好脾氣的妳扯著喉嚨，狡辯著說根本不是妳弄的。妳問我為什麼我都一直抱弟弟啊？隨後妳便不甘心地湊到我的胳臂裡。

　　妳無法明白，妳是我第一個孩子，我是多了兩倍的時間這樣抱著小時候的妳呀。得要等妳自己當了母親才能明白的吧。

　　從台北回來的班機上我想起了妳的抱怨，緩步走到入境門口前，我心裡決定，我們可以重新開始，實行「長大了還是可以擁抱」這件事。來自東方的媽媽在西方人給的擁抱裡，漸漸明瞭，手臂靠近，身體靠近，心裡便不再孤單，勇敢會漸漸築起。

　　以前的我，不太唱歌的，不好意思開口，頂多洗澡時和著蓮蓬頭灑

下的水聲唱幾句，反正家人面前不怕丟臉。但現在，很常唱歌，還常常提醒自己今天要找出《小毛驢》的正確歌詞，晚上才好教孩子。擔心我沒多學幾首，孩子這禮拜就無聊了。

兩個孩子都喜歡音樂，音樂讓他們跳舞也讓他們安靜。
所以，我會唱歌，是因為孩子賜與的傻勁，是嘛？

過去以為孩子會擾亂我的悠閒生活，現在發現是他們完整了我的生活。我從來不知道，被一個人需要的感覺還挺好的；從來不知道，有個小小孩只要聽我歌唱就能安心睡著……

老天爺！原來我可以當一個媽媽。

從新手媽媽到嫩手媽媽，接著還有幾十年等著磨練，不管開始多久，什麼時候開始，我深深覺得，當媽媽是女人的天職，孩子出生的那刻，妳已經俱備能力。

今天抱著午睡的妳走在山上，想起生妳的第一天，凌晨兩點我要去哺乳室餵奶，即使傷口疼得半死，還是快速起身走去找妳，抱起五十公分的娃兒，在慈濟醫院哺乳室的鹵素燈下，忍不住發簡訊給爹地，說我看見這輩子看過最美麗的東西。

不穿衣服變彩虹

我不喜歡穿衣服
但是我喜歡打扮
今天，我想穿橘色的衣服
再穿一件紫色的衣服、一件綠色的背心
再穿一件藍色的裙子（喔～有一點緊）
喔～還要穿上紫色的襪子，
差點忘記戴黃色的皇冠，
還有粉紅色的翅膀，
呼～總算穿好了。

我喜歡唱歌和跳舞
我喜歡轉圈圈、
跳、跳、跳
轉…轉…轉…

我飛…
我是一道彩虹。

來自花園的食材

　　葡萄樹，在這裡是很容易種植的果樹，可以準備紫色葡萄和綠色葡萄，兩種顏色一起來，這是從孩子們的學校聚會習得的可愛小點心「葡萄堅果小船」。

　　這道點心擺盤起來可愛討喜。製作原理，其實與焦糖蘋果雷同，不同處只是葡萄小巧，水分較多。插上竹籤亦可以當成派對上的 finger food。

葡萄堅果小船

準備材料：

無子葡萄一串（紫色、綠色都可以）、竹籤、白巧克力（或是焦糖醬）、花生或開心果等堅果類

製作步驟：

1. 先將葡萄一顆顆摘下，可以加些太白粉搓洗。

2. 清水沖洗乾淨後，把葡萄放在乾毛巾上瀝乾。

3. 隔水融化白巧克力（也可以用黑巧克力、焦糖醬等）。

4. 將花生切碎粒，亦可以用開心果取代（開心果先拍碎再切小碎粒），味道層次更豐富。

5. 用竹籤插起葡萄→下半部沾上白巧克力→沾上碎花生，完成。

因為葡萄體積很小，擺盤時，也可以試著將 2~3 顆並排一起，視覺上討喜，是很受小朋友喜愛，酸酸甜甜的小甜品。

chapter 4

家與家鄉

　　婆婆是我在紐西蘭的守護天使，是我的字典、是我的 google、是上帝賞賜的另一份母親的愛。

　　每一道婆婆教的點心菜餚，我都小心地寫下筆記，放在食譜收集冊裡。用這樣的收集來記住婆婆給的一切。

　　「要吃一點嗎？」婆婆遞上透明的保鮮盒給 Lulu，裡頭是剛烤好還摸得到餘溫的香蕉蛋糕。

媽媽牌蛋糕

喜歡芭蕉多於香蕉，買不到芭蕉時就買香蕉，但挑綠色一點的，有點酸的香氣，比濃黃色的熟甜氣味，討我喜歡多一點。

斜陽淺照在客廳的沙發上，沙發布被烘得有些溫暖，即使吃過豪華月子餐，一年到頭腳丫子總還是冷冰冰，蜷曲起來讓陽光的溫度暖和著，然後，又是一堆食譜書陪伴的星期天下午。

廚房的烤箱看起來已經預熱好，奶黃色的蛋糕麵糊緩緩流入四方形的蛋糕模裡。通常這個下午，多半會有兩個多小時珍貴的媽媽自我時間，烘焙便像是最喜歡選修的自修課程。也不是有多大心願要當廚師，只不過覺得能做上幾道讓孩子記在心裡的「媽媽味道」，一直是當母親後心底一個小小心願。所以儘管香菇雞湯總少了點甘甜、牛肉都已經燉三小時還是無法入口即化、海綿蛋糕有些塌陷的小小沮喪，日常生活之間仍然繼續跟著食譜們，練習著「美食可以讓人幸福」的信念。

煮滾的糖水抹在斜切的香蕉和奇異果上，一家子都喜歡的草莓不用

考慮成本地多放了兩倍，放涼的海綿蛋糕上塗上利口酒與混了焦香杏仁角的奶油，新鮮的綠色薄荷葉放在紅色草莓旁顯得亮眼。我認為它是最聽話的香草植物，總長得茂盛，不讓人太過擔心；糖水和著草莓流入海綿蛋糕的酸甜氣味悄悄地飄散在空氣中⋯⋯

門鈴響起。「是草莓蛋糕！」寶貝們推開門嚷著。

斜陽不知不覺地從窗邊溜走，留下一屋子的蛋糕香氣。

「我下次生日可不可不要吃香蕉蛋糕？！」剛過完六歲生日的女孩用半怨半期待的口吻嚷著。

「那妳同學都帶什麼蛋糕去學校？」媽媽問。

「有巧克力慕斯的、有水果派的、有杯子蛋糕的⋯⋯很多粉紅色的！」滾動晶亮大眼睛的女兒細數給媽媽聽，語氣裡聽得出很多期待。

吃過晚餐，整理好廚房的媽媽，拿起一個大缸盆、溶化奶油、麵粉過篩、打下雞蛋、倒入牛奶，準備一場甜味試煉。食譜書上面說每下一顆雞蛋，一定要均勻攪拌，媽媽不敢偷懶照著做，心裡不斷對著越發蓬鬆的麵糊說：「你要變好吃噢！」她盼望，下次生日蛋糕可以讓女兒有多一味選擇。

後花園的蘋果樹，初秋結了許多蘋果，多到需要放在街角分給鄰居，蘋果嚐起來微酸又清脆，很適合做蘋果派。晒好衣服的媽媽，拿起一個大缸盆、蘋果削皮、切小片狀、加糖煮軟成焦糖色、鋪好派皮，「你要變好吃噢！」送進烤箱時她喃喃地自言自語。她盼望，下次生日蛋糕可以讓女兒有多一味選擇。

核桃樹上結滿了核桃果，熟成的時候會自己掉下來，得撿地上的吃，硬拔下來的可還沒成熟；堅硬的外殼得用榔頭敲碎，才能嚐到裡頭的果實。週末下午，陽光透過葉縫懶懶地斜灑進屋內，媽媽拿起新鮮的核桃果，敲碎烘烤、打下雞蛋、篩了麵粉、也加了點碎蘋果，麵糊緩緩流入杯子蛋糕模，小小圓圓可愛得讓人想捧在手心裡。打開預熱好的烤箱，一陣溫熱拂上臉頰，「你要變好吃噢！」望著慢慢膨起的核桃蘋果小蛋糕，她又悄悄想著，下次生日蛋糕希望可以讓女兒有多一味選擇。

攪拌奶油和麵糊之際，她的心裡掛念、想念著曾經的華麗單身生活，同時又急切地想起許多未完成的理想和夢想，趕緊洗好了碗、擦乾了手，拿張紙巾寫下剛才閃過的靈感，紙巾上的字歪七扭八，匆匆寫下的會漂亮到哪去。

「媽，蛋糕好了，烤箱響鈴了。」孩子在充滿奶油香的廚房嚷著。

急切又怕忘了靈感的媽媽回到書房,把方才未完成的靈感想再謄完整些。「媽,我下次生日蛋糕要帶這個!」女孩從對角的廚房,含糊、大聲地宣佈這個新的消息,聽得出來嘴裡正在嚼東西。

　　媽媽笑了,放下手上的紙筆,走回廚房,她早已忘記了剛才重要的一瞥靈感,佔據思緒的,只有她的媽媽牌蛋糕,多了幾道可以讓孩子喜歡的口味選擇。

　　窗外的陽光沉下,讓樹影變得好長,她的媽媽牌蛋糕選單,也變長了一吋。

　　平底鍋上抹奶油,小火微熱,慢慢煎餅,看著冒泡的餅皮緩緩變成焦色,翻轉再煎一分鐘左右,就有熱熱的小鬆餅上桌。那天本來是要做銅鑼燒的,儘管寫進了採購清單說要記得到亞洲超市買紅豆回來煮泥,心神恍惚的媽媽還是硬給忘了,於是已經和了牛奶的的麵粉糊只好別浪費地作成成分接近的紐西蘭小鬆餅。

　　那是她從婆婆那學來的,婆婆是她在紐西蘭的守護天使,是她的字典、是她的 google、是上帝賞賜的另一份母親的愛。

每一道婆婆教的點心菜餚，她都小心地寫下筆記，放在食譜收集冊裡。她用這樣的收集來記住婆婆給她的一切。這個一輩子都奉獻給史都華家的女人，她另一半的老媽子、她孩子的奶奶、她鄰居之間每個人都好喜歡的瑪麗。

　　而那天不知道為什麼這麼傷心？她突然間在婆婆面前大哭了出來，她從來不在自己媽媽面前掉淚，脾氣硬的要死。

　　「抱歉，我還是沒有通過路考。」那是她第二次沒通過紐西蘭駕照的路考，她悲傷、忿忿不平、認為這城市實在太不歡迎她的遠道而來。

　　話還沒說完，情緒像岩漿在山谷底燃燒到溫度太高，終於關不住地得找出口噴出。她放聲地哭了出來，像個三歲孩子，用哭來表達一切無法言喻的委屈。悲傷是淨化的開始、也是接受的開始，她在放聲啜泣的過程裡，情緒就像是海市蜃樓，那刻之前心裡的一切掙扎，就像飛上天空的風箏，一下子就從空間裡消失了。

　　她平靜了，婆婆撫了撫她的背脊。打開了她原本帶來要趁熱一起吃，因為那突如其來的悲傷而冷卻的小鬆餅。一起圍著餐桌抹上奶油，手心裡盡是熱熱的溫暖。

「我媽好像得了癌症。」爸爸吃完晚餐，給孩子念了故事弄睡了之後，在客廳的亞麻色沙發上坐了下來，跟媽媽說。

　　「什麼癌？」媽媽冷靜地問。
　　「好像是乳癌，聽說很靠近心臟。」

　　空氣裡沒有繼續談話的聲音，只剩電視裡傳來的微微聲響。

　　「不會吧，上帝這麼早要帶走我的天使，我在這唯一安心的依靠……這城市你是在懲罰我什麼嗎？」媽媽在安靜的客廳裡，手心冒著冷汗，胡思亂想。

　　「是花園救了我。」隔天一早，婆婆自己寬心地傳來訊息，請大家不要替她擔心。「那天我蹲下來整理花園，突然覺得胸口脹脹的，好像有個硬塊，有點輕微疼痛，於是我去醫院檢查。」婆婆解釋著。

　　「醫生說還算早期發現，可以開刀切除，但因為很靠近心臟，手術時要再看看能切除到多大的面積。」婆婆繼續說著。

開刀前，婆婆的臉上，看得出來多少有些緊繃。

完成手術的那一下午，爸爸媽媽帶著兩個小毛頭前去醫院探望，醫院的天花板有多處透明天窗，陽光透進來時，醫院裡都是鵝黃色的溫暖氣氛，窗外還可以看到很多翡翠綠色的樹，跟想像中滿是消毒藥水味的醫院很不一樣。

「還好我的乳房還在。」一進門，婆婆氣色很好，雙手環抱在自己胸前微笑說著。

「大概是意外自己經歷乳癌手術後，仍可以是個完整的女人。」同樣身為女人的媽媽心裡這樣想。

同一個禮拜，爸爸媽媽在這個因為地震而幾近半毀的城市，在許多人無家可歸的窘境下，搶買下了第一個屬於他們自己的房子。才剛動完手術的婆婆，早晨捧著一大束現採的一級香檳色玫瑰花，來關心擁抱大房子的媽媽是否安好。

「妳怎麼來了，不在家休息？」

「我想來看看妳，看看你們的房子。」小不點 Lulu 戴著海盜船長

的帽子，奔向他奶奶的大腿邊。「也來看看這個小海盜啊……」婆婆吃力地彎下腰想抱起 Lulu，媽媽看見了她那仍然包覆白色紗布的胸部。

「要吃一點嗎？」婆婆遞上透明的保鮮盒給 Lulu，裡頭是剛烤好還摸得到餘溫的香蕉蛋糕。喜歡香蕉蛋糕的 Lulu 堆起笑容，露出白白的牙齒，點頭如搗蒜，他的臉頰會因為笑，出現兩個可愛的酒窩。

婆婆的香蕉蛋糕，是令人一口接一口、跟自己發誓說不要再吃了卻又破壞誓言轉頭回去拿一塊的那般誘人。Lulu 很愛奶奶的香蕉蛋糕，於是媽媽又再度發揮對兒子過多的愛情，向婆婆討教這款香蕉蛋糕的做法，因為她愛死看 Lulu 笑時臉上的酒窩。

婆婆也跟著笑了，並緊緊牽著孫子另一隻沒有拿蛋糕的手，在後花園的階梯上坐了下來。

這城市的三月，蘋果樹上結滿了紅紅綠綠的蘋果，梨樹上褐黃色、青綠色的錐形洋梨也不甘示弱，風采一點都不輸給蘋果，山葡萄的細莖更是放肆地向天空、向牆圍、向所有攬得到的依靠抽長。

媽媽站在一百零三歲的大房子裡，在它還空蕩蕩沒有傢俱的三月時節，從廚房看著他們一老一小的背影，想說生活如水，平淡最美。

我們大人，
通常叫它作「愛情」

　　唱安眠曲的時候，我總是專心，每天幾乎唱一樣的，《虎姑婆》和《娃娃的故事》。

　　我希望，這旋律和聲音能深刻在你的記憶裡，成為聽見便會想起媽媽那樣的反射本能。現在只剩我和你說中文，我心裡其實害怕哪天，我想用小紙條寫一點訊息，比方「飯菜在烤箱裡保溫，自己拿出來吃」等等的叮嚀，貼在冰箱上，但你看不懂。

　　所以，晚上回到我們兩個獨處的時空時，我一定要用中文和你聊。就像華德福教育的某部分思想，每天中午說一樣的故事，每週都做一樣的勞作，根深蒂固、牢牢印記，用時間慢慢、卻扎實地放到你的小身體裡，你將不會忘記，那是要跟著你一輩子的聲音和話語，我們大人，通常叫它「愛情」。

　　昨天夜裡睡覺前，我們玩起了遮臉躲貓貓遊戲，呦／不見了，呦／出現了，當我用手遮住眼睛的剎那，晃蕩在手掌間隙之間、稚小臉龐上

的笑容，引起我心頭一震驚，啊～好美的東西哪……

手掌之間／一半世界的瞬間，也讓我想起大人世界裡，睜一隻眼、閉一隻眼的態度，也許這樣看世界，一切都會平和許多吧。

外頭的雨持續滴滴答答，每天門前走過的行人從五個變成只剩一個送信的郵差，的確，我們想生活在自然美麗的地方，但同時也想要時尚流行垂手可得，爸爸努力地投入當振興基督城的一員，媽媽則努力地想念 7-11 的美好，一半世界還是全世界的我們，清楚也朦朧地，在拉扯與退讓之間，繼續一家人的生活。

草繪記於 Lulu 20 個月，一直喜歡穿大人鞋子的時候。

Fion's whisper

水果王子

　　如果以一天 10 顆計算，從 12 月到現在你總共吃掉 1330 多顆的草莓。媽媽去超級市場眼睛都特別睜大，希望還能夠買到草莓。但是你會不會變成草莓人呢。

　　你叫 orange 為「ball」，沒有錯，他是一顆球，你講 ball 的語氣，誠懇且肯定，可愛得像你在地上打滾的模樣。「nana」是你第一個會發音的水果，早晨起來，我們都喜歡吃香蕉，你討香蕉時那帶點鼻音的語調，溫柔得讓我想到睡覺時、像天使的你。

　　但是你對葡萄就比較殘忍了，我親眼看見你，一顆一顆硬要把它們捏爛，雖然你說「樸討樸討」的發音可愛極了，但是我還是要打你屁股。可是很奇怪，你對藍莓就很好，你以為它也是葡

萄，一樣叫它「樸討樸討」，但是為什麼就會把它溫柔地放進嘴巴裡呢？

你喜歡整顆的蘋果，如果被我削一半還會賭氣丟了。ㄟ……脾氣不好喔！不過當你啃一整顆蘋果的時候，就可以安靜好久好久，就像你一個人看書時也可以安靜好久，媽媽懷疑你跟我一樣，喜歡書？！

你一會兒跑、一會兒又跌倒、跌倒又站起來搖搖頭，我總是目不轉睛看著你的一舉一動。這年紀的你，可愛的真想一直緊緊擁抱。

Lulu 15 個月。超愛吃水果。

小情人

「妳眼裡只有妳兒子。」爸爸語帶忌妒地說。「妳對妳兒子真的很好！」語帶羨慕地又丟了這一句話。

「你昨天怎麼又跟 Mia 睡？」媽媽問。

「我看妳抱著兒子睡得很甜，你們的關係真的很密切。我想想算了，不便打擾。」爸爸用非常標準的中文這樣說著，在一個渲有粉紅色天空的清晨。媽媽正在捲壽司給 Mia 帶便當。

有嗎？這麼明顯？媽媽愛小情人，原來一點都不隱藏，愛的好不含蓄。伴隨著醃漬小黃瓜的甜和海苔的焦香，媽媽低頭覷笑，視線又再度飄向陽光下的兒子。

陽光下的他，頭髮是淺淺的亞麻色，不用染就很漂亮的自然髮色。這幾天，他決定用「走的方式」，向世界宣告他的不一樣。早晨，陽光和煦，微涼有風，媽媽與男孩準備手牽手走到公園溜滑梯，順道參觀鄰居家的花園，耳邊不時傳來小鳥的悅耳叫聲、枝頭上的紅色果子結實累累，男孩新來到地球上，花花草草對他來說都是新鮮。

對!「哇哇。」跟書裡的一樣，花花、葉子、大樹。穿上長襪的金華火腿，小步在空氣中奔跑，肥短可愛。

他是我畫畫之餘的玩伴，帶他的時間，像是我生活篇章裡的逗點，忙碌之間的喘息。喜歡看他發現世界的眼神，感覺一切都那麼有趣真誠，眼神裡的 pure，好喜歡。

這段日子，還好有他，分散了一點因舉家搬遷而忙亂的情緒；媽媽像是被斷根的野玫瑰，垂頭喪氣、奄奄一息，雖然努力地想要昂起頭，卻又尚未能落地生根、大口呼吸。

「怎麼可以長得這麼好？」站在一片紫陽花前的媽媽常常這樣問自己。陽光下的她今天終於明白，因為花花擁有剛好的陽光空氣和水，落地生根後也就自由自在，安心規律地呼吸。

隨著北半球來的行李一箱一箱拆解後，南半球的新家一點一滴漸漸成型，有媽媽自己喜歡的樣子了，想到回台北少了自己的家，心裡不禁泛起一陣傷悲。爸爸很怕媽媽就這樣帶著小情人一去不回了，事實上媽媽也曾這樣想過，但是她心軟，她心裡知道維持一個家的完整，會帶給孩子很多無形的安全感，因為她沒有。

你睡了，現在是南半球的晚上七點半。以前在台北，每晚，媽媽總催促你們早點睡，好讓我有時間可以靜下來做點自己的事／夢。

　　但搬來這裡之後，每晚你們早早睡去後，我反倒開始鬱悶了起來，不是應該高興終於有自己的時間？！不，我寂寞，寧可有你們的唧唧喳喳相伴，混亂一些太過專一的偏執思緒，媽媽也知道，解鈴人需繫鈴人，每一刻，都仰著頭對著藍天祈禱、仰著頭對著星空許願：「我何時能再快樂起來？」那一陣子，一直戴上耳機、重複倒轉，聽徐佳瑩歌詞唱著「我相信你會再快樂起來」。

　　Lulu，我多麼想當你，一點點草原可以奔跑便快樂、一支冰淇淋便笑開懷，我靜靜地、微笑地、端看你爽朗的笑、豪邁的吃，那瞬間，媽媽的犧牲真的又算什麼，一點都不重要，即便半夜的我常常無法控制地流下眼淚，那何嘗是一向堅強的媽媽所盼望自己臉孔上的表情。

　　我愛漂亮，但為了你們生活在一個時尚氣息微弱的城市，沒關係，我等著一年回家鄉一次時一次吸收好多好多，這也是一種解決的方法，可以解決可以平衡就好、就好。悲傷的時候，就想起 Mia 在那個像樂園的學校跳著圈圈舞、老師像上帝派來照顧妳的聖母般慈藹大心，我的

退讓，早就被自己壓在心底裡最深最深的抽屜裡，夜深人靜時才拿出來看，也許忙著忙著就會忘了，那麼漸漸地，我會不會不哭了、不寂寞了，就能像你們那樣真誠地大笑。

我常常緊緊抱著你兩歲的身體，很緊很緊，一方面是依靠、一方面是愛情，想說你不懂，那麼跟你說我的心事就不會怎麼樣，我不求回應，只是找個喜歡的朋友說說，你身上的乳香，總是我得到最大的回應，媽媽心底知道，我多麼福氣，有你有妳，人間天使，最美的兩個都給我了，我還求什麼？求自由？求成就？求平衡？是吧，世界上所有的媽媽是不是都在尋求自己與家庭之間的完美位置，只是沒有那麼容易。

我常在睡不著的夜裡，偷偷躲進你被子裡，在黑暗裡的微光裡小聲呼吸，看你睡著的樣子，我猜想，小天使，應該就是長這個樣子，吹彈可破的細嫩肌膚之間有明亮的五官、捲翹的睫毛、紅潤的臉頰。媽媽想說：「我離我的家好遠，但還好我有你可以擁抱，抱著你的我孤單少了一點，勇氣多了一點。」

眼睛闔上了，半夢半醒間我記得我牽起你的小手，在你耳邊我說我要帶你去 7-11 買多多，還有，「我愛你。」

50 公分的那些日子

剛回到家時，我是這樣子的……花了很多的時間在睡覺，很奇妙的是睡覺也會長大。

11cm 的鞋和 9cm 的襪子，是我的基本配備，我麻麻常拿著我的小襪子一個人偷笑，可能我的襪子一點都不臭。我的被子只有 125cm 長，上面有大象長頸鹿和兔子，是藍色和我麻麻最喜歡的蘋果綠色。

換尿布的時候，麻麻常讓我騎腳踏車，短短的腿騎上騎下，是我常做的運動。有時候她也讓我跳康康舞，就是把短短的腿左邊兩下，右邊兩下，她說這麼短的腿跳康康舞實在太可愛，但是其實比可愛還可愛，只是她找不到比可愛還更上一級的形容詞。

有時候我睡覺睡得呵呵笑，因為床母多給我兩顆糖很開心，

　　不過有時候也會被打屁股，把拔一直搞不清楚為什麼小BB的屁股會綠綠一塊塊的，麻麻說被床母打，他說床母是什麼來著？！

　　ㄟ……好難解釋。

　　麻麻很喜歡讓我抓著她的小指，小小的手開始表現他的生命力，好美麗。只有我阿姊哭的時候我才會被嚇到哭，不然大部份時候我都是這樣溫和微笑的，早餐店老闆娘問我麻麻說：「你那個小的好帶嗎？」
　　麻麻毫不思索地點頭如搗蒜。

　　最近我麻麻說，她終於深刻地了解，「喜歡」和「愛」不一樣。兒子跟女兒也不一樣。暫且不論婚外情、離婚再結婚這類可能，兒子是給媽媽的大禮，因為可以在結婚之後，再談一次戀愛。

141

女子

I CAN ALWAYS MAKE YOU
SMILE.

　　星期天的下午，媽媽和爸爸坐在沙發上，爸爸仰著頭沒什麼力地問媽媽：「當初是誰說要生第二個的？！」

　　「先生！是你！！」眼睛瞪得很大的媽媽，完全不加思索地回應。

　　說不累是假的。
　　但媽媽還是一點都沒有後悔，給了他們彼此擁有的，世界上那麼唯一的關係──「手足」。

　　當媽媽聽見兩個人躲在透光的薄被子裡玩帳篷遊戲的咯咯笑聲，頭痛肩膀僵硬的症頭便可以輕盈些許，那些姊弟一起玩的互動，有時就像一帖良藥，媽媽很寶貝。

　　媽媽最近常常望著弟弟，然後找出妳以前娃兒時的照片，相互比擬

著看，看你們這兩個由我出廠的手足，放在男生和女生的小身體裡，有哪些一樣的美麗。

　　一歲前的妳，像個討喜的小天使一樣，抱到哪裡都讓人開心，還有那雙短短的腿，套在那雙我不捨得丟掉的綠色 13 號繡花鞋，我時常想起這樣的畫面。一歲後的妳，開始作怪，不停地翻抽屜，不停地抽面紙，還有把流理檯裡的盤子當飛盤咻咻地飛擲，天呀～這小天使怎麼變惡魔了呀？兩歲生日前的兩週，媽媽為了讓妳戒掉母奶，也為了圓夢，選擇了遠行。妳出生後第一次與妳分離，甚至讓我覺得企盼已久的巴黎沒有妳可愛，我這才知道，母親思念孩子的情感是這樣縈繞。我也更知道，妳有一個令我好羨慕的爸爸，在妳兩歲生日那天，特地去西門町租了道具服，把他自己打扮成一隻大貓熊，從光復南路上走過來送了一個貓熊蛋糕給妳。我感動地哭了，這種父親，三輩子可能只遇到一個。

　　你的血液裡有一半歐裔血統，來自南斯拉夫和蘇格蘭，只是妳的上一輩的上一輩移民到紐西蘭，所以妳也是紐西蘭人。兩歲是妳第一次回到自己的國家，奶奶為了歡迎妳，半年前便開始幫你做衣服打毛衣，那一件一件，我都捨不得丟棄，我很替妳開心生在這樣的家庭，妳被打扮好有品味，是我喜歡的蘇格蘭典雅，我常常在心裡微笑，因為妳有這樣讓我安心的家庭。

三歲以後的妳，個性鮮明，可愛也同時令人難以招架。妳的護照上，蓋了很多旅行的紀錄，我想不到十歲，妳的旅行紀錄一定會超過媽媽，這樣很好，我總是想，妳不一定要功課很好，讀很多書，但我希望妳常去旅行，我始終相信行萬里路勝過讀萬卷書。我希望妳像爸爸一樣二十五歲前已經流浪過半個地球，不要像媽咪到了三十歲還對大部份的地球充滿了嚮往，因為我那個年代的亞洲孩子，世界裡都只有猛K書考好學校，才有未來的死腦筋。

　　妳四歲生日那天，是媽媽第一次沒有陪妳過生日，但我從爹地傳來的照片可以感受到妳很快樂，聽說妳六點就起床向世界宣誓妳已經四歲了！那天也是台灣的大年初一，新年快樂！照片中的妳又長大了一點，雖然妳不在時我和弟弟過了一陣子超級平和的日子，但也想念妳。

　　當時我希望妳不再因為弟弟來臨而尖叫吃醋，依然快樂地唱唱跳跳，因為我沒有忘記妳，沒有因為弟弟而遺忘妳，只是有時候媽咪只有兩隻手，要麻煩妳等一等，不能所有事都立刻陪伴妳做。

　　我還記得，弟弟從外星要降落地球之前，我告訴自己，盡量地不要因為有了弟弟而忽略對妳的照顧，我像是要去遠行的母親，買了一堆的餅乾、起士、法蘭酥，放進密封罐裡儲存起來，就擔心去醫院的幾天妳找不到東西吃，

只是沒想到弟弟還不想出來，儲備的糧食早就被你們父女倆快樂地嗑光。有一天，妳問我：「小手在哪裡？」妳指著我的肚子。

叉叉的地方是肚臍，圓圓的外圈是我的肚子，那麼，填滿貼紙的肚子就是我這幾個月肚子的風景。

今天弟弟的小手在哪裡？是妳最近常問的問題。送他一個貼紙，是妳對他的友善與喜愛。謝謝妳常送他貼紙，即使洗澡時我也沒有想過要拔下來，對我來說，那是很美麗、到我變成老太婆時，都渴望能記得的風景。

媽媽來的地方，是亞洲、是中華民族，我們講中文、寫漢字。中國字裡有一個「好」，如果拆開來看，就是一女和一子，合起來就是好、很好、很棒、圓滿的意思。

所以當醫生告訴媽媽，是弟弟喔！媽媽馬上自動把自己歸到人生勝利組，坐在電腦螢幕前想和全世界的人炫耀，她拿到了一個「好」，喜悅如同冬陽，光燦溫暖。

冬眠中的向日葵，睡姿很可愛，儘管沒有鮮黃色的微笑，冬日的咖啡色也是氣質滿分。蘆葦和小草分別都穿上了毛絨絨的白色大衣，整個原野像是約好了今日都要穿白色的出門。

　　昨夜雪白的霜是幾點開始作畫，早晨的世界被渲成一片純淨的白。

　　陽光下蒸發的白雪形成霧濛濛的水蒸氣，透明的呼吸也在相機的鏡頭印上白煙。雪地裡的兩個小朋友，是媽媽此刻生命裡最大的資產，媽媽被需要的感覺讓她找到存在的意義。他們一個像聰穎精靈、一個像溫柔天使，能有精靈天使相伴，儘管母親一小塊心田因為鄉愁不怎麼快樂，也明白一切的安排都是有道理的，所以她還沒放棄。

　　南島基督城開往皇后城的路上，車子外的氣溫是零下。

　　第一次來的 Lulu，用他的小腳步走到了糖果店前停了下來，厚重的衣服讓他的腳步顯得沉重，但可愛得像企鵝步履。這孩子被棒棒糖吸引了，站在玻璃櫥窗前不肯走，固執地只要棒棒糖。姊姊長大了，比較聰明，會挑三種口味的軟糖，每種都買一點點，這樣可以吃到三種口味。

妳的酸嗎？是什麼味道？（弟弟看好久）

我剛跟你說不要買棒棒糖你就不聽。（姊姊訓誡中）

那可以分我一顆嗎？（弟弟看好久）

七年前，我一個人來到這塊土地旅行，七年之後，東方臉孔卻有西方魂的媽媽被帶回西方世界，似乎是要體認些什麼。

那天，冬日暖陽很低，從背影斜射過來，我想著我的照片，從兩個人變成四個人。

那天，我們手牽手。

給 Mia：恭喜妳升「大班」，這兩個字讓我覺得來的太快了些。

給 Lulu：謝謝你那麼愛媽咪，黏涕涕。希望你以後交女朋友的時候，三不五時記得你阿母曾經花那麼多時間跟你鬼混。

他是我弟弟

他是我弟弟，很矮，
我 6 歲、他 2 歲。

他太矮的時候，我就是他的樓梯，
他不敢溜滑梯的時候，我就是他的靠山。

雖然有時候，我很討厭他，搶了我的馬。

他每天都會戴不一樣的帽子，
很白癡，但很好笑。他是我弟弟。

雖然有時候我們吵架，但他有時候很白癡就
很可愛。

躲進櫃子裡，因為他很矮；躲進抽屜裡，不
曉得跟熊熊說什麼悄悄話？我都聽不到。

有時候下午我開了咖啡館，他一定是每天都
會來的客人。

今天開始，他每個星期二可以去托兒所玩兩
個小時，所以我跟他說：「頭髮要梳好，女
生才會找你玩。」

他是我弟弟，他 2 歲。

來自花園的食材

夜晚北風徐徐,隔天一早跑去花園,被吹落的核桃果實散落在泥土和草叢間,彎下腰撿拾一些,等等曬乾、再敲碎,可以和進香蕉常溫蛋糕裡。檸檬樹也是一個好孩子,結果結花,給我們清新的芳香,切片用來醃漬雞腿肉,晚餐就有檸檬雞,河粉香菜花生粒,越南春捲裡在擠上一點檸檬汁,口感層次更細膩。有它真好,是媽媽料理的小功臣。

Fion's Recipe

溫熱手心的小鬆餅

準備材料：

一杯低筋麵粉、一茶匙 baking powder、1/4 茶匙鹽巴、一顆雞蛋、
1/4 杯白砂糖、3/4 杯牛奶

製作步驟：

1. 把粉類過篩、混合。

2. 取另一個碗，放入雞蛋和白砂糖，打發至濃稠發泡狀後，加入
鮮奶。

3. 把粉類倒入 2，拌勻。

4. 平底鍋抹奶油，倒入一湯匙的麵粉糊，小火煎至變色後翻面，
再微煎 30 秒～ 1 分鐘。

5. 抹上奶油或果醬都好吃。

Tips: 可以一次備兩份麵糊，放在冰箱，兩～三天都可以隨時煎來吃。
剛開始煎時鍋子可能不夠熱較無法成型，可待鍋子熱一點再下鍋：）

Fion's Recipe

奶奶的香蕉蛋糕

準備材料：

125g 無鹽奶油（加熱到完全融化）、3/4 杯砂糖（二砂）、2 顆雞蛋、2 杯搗碎的香蕉泥、1 茶匙 baking soda、1 茶匙 baking powder、2 杯低筋麵粉、2 餐匙（tablespoon）熱牛奶、2 茶匙肉桂粉（自由選項）．

製作步驟：

1. 混合融化的奶油與砂糖，打蛋器（電動更佳）打至糊狀
2. 加入雞蛋，每加入一顆要攪拌均勻
3. 加入 2 杯香蕉泥，攪拌均勻
4. 將 baking soda（蘇打粉）放進熱牛奶，再倒進步驟 3
5. 最後倒進麵粉和 baking powder，攪拌均勻後，倒入已撲好烘焙紙的烤模（我用 20cm 長的長方形烤模）
6. 烤箱預熱 180 度，烤 45 ～ 50 分鐘，用竹籤刺看看沒有濕黏狀即完成

Tips: 一定要放涼才切塊，不然會軟趴趴

chapter 5

當我培育著花園

花園裡的植物們野心勃勃，掙高的速度跟我那兩個孩子一樣，儘管每天看著還是來不及記錄，睡一覺，它們又高了一吋。

我這兩個，大的現在是我的老師和公關，教我花的名字，用她的童謠；小的是我的力量，小手攬著我的脖子索抱索依賴，我的生命因此多了重量。

當你在培育花園時，花園也在培育你。

蘋果樹

有天唸了一則小故事覺得很有意思。叫做〈一隻大象上了公車〉。有一天，公車開得很慢很慢，因為一隻巨大的大象上了公車，大象坐在司機旁邊低著頭，不知道在想什麼，司機努力地踩油門，但是公車還是跑不快。公車走得很慢，比平時走路還要慢，車上的乘客有機會非常清楚地看見車窗外的景物。

小狗看見了一個多年不見的老朋友，在公園門口賣棉花糖，從前小狗以為那是個陌生的公園。小貓看見花圃裡有一朵藍色的小花，從前小貓以為那是很普通的紅色花圃。小兔子看到一間彩色的房子，從前小兔以為這個城市只有很難看的灰色房子。小松鼠看見了一個種滿花的窗台，從前小松鼠以為沒有人有空種花了。小猴子看到一群孩子在噴水池裡快樂地玩水，從前小猴子以為大家都很不快樂。

那一天，公車走得很慢很慢，大家都忘了下車，因為車窗外有很多新鮮的發現。大象看看車內，他看到很多發呆的人，從前大象以為大家都只忙著生活忘了發呆。

自從生活裡有你們的加入，媽媽的身體和心底，就像公車載了大象一樣，變得緩慢也沉重，緩慢地等你們的小腳步，沉重著因為有了放不掉的責任。但媽媽又何嘗不是因為你們的加入，才能慢下來欣賞遺忘的、漏掉的？

　　外頭的天空開始泛白，小鳥的啼聲一如往常在初曉時分響起。昨晚的夜裡特別寒冷，一點都不像夏天的氣候。拉開了粉紅色的綿麻布窗簾，透明玻璃落地窗前，映入一片翠綠的草地和幾棵隨風搖曳的大樹。

　　草地上有層薄薄的白霜，一定是昨夜太寒冷了，聽說城市的南邊，還下起了冰雹，新聞播報員提醒民眾要把車子放到車庫裡以防受損，預報還真是準。

　　陽光先生沒賴床，一如昨日在六點多一些便起身工作，緩緩地將熱度和溫暖透過葉縫間的空隙傳到每戶人家，盈綠草地上便被照得有幾塊特別螢光的亮綠色，隨著樹上細莖的搖動在草地上左右移動，像是做早操運動一樣。

　　蘋果樹的分枝特別低矮，兩歲多的孩子一勾腳便可以攀爬上去，蘋果樹的枝幹不是太粗壯，媽媽還是擔心會不會被孩子給壓斷。

「小心爬。」

「那你摘一顆蘋果下來給媽媽吃好嗎？」媽媽對著剛睡起來眼皮還惺惺的弟弟說。看起來像紅蘋果，但有青蘋果的氣味，很適合做焦糖蘋果。媽媽跟著小不點，邊撿起昨夜地上掉落的蘋果。

「最近的花園很熱鬧齁？！」媽媽的朋友，捎來訊息問候。

「有！」媽媽毫不思索地回答。

熱鬧得我不知道先講哪一個。它們現在充滿我的話題。
是要先講突然發現這裡也有韭菜花，講罌粟花 vs. 陸蓮的結果競賽，有點小失望地……火紅的罌粟花還是贏了，講紫藤在某一個夜晚掙出透明的薄衣，露出帶有妖媚氣味的淡紫色花蕾，還是要先跟你講我種了幾把蔥，因為這裡買菜老闆不送蔥，還貴得要命。

它們野心勃勃，掙高的速度跟我那兩個孩子一樣，儘管每天看著，還是來不及記錄，睡一覺，它們又高了一吋。

我這兩個，大的現在是我的老師和公關，教我花的名字，用她的童謠；小的是我的力量，小手攬著我的脖子索抱索依賴，我的生命因此多了重量。

　　當你在培育花園時，花園也在培育你。

　　「蘋果裡有星星喔。」Mia 瞪大眼睛跟大家說這個驚喜。
　　「星星？」媽媽一臉疑惑。
　　「你不用削皮，直接這樣切，就看到了。」她作勢拿起水果刀，想要媽媽橫向切蘋果。

　　蘋果的內核，的確因為橫向切，而露出一個星芒狀。媽媽有些驚訝、卻也感到溫暖。星星，讓她想起家鄉。

　　「不管妳在哪裡，我們都是看同一個天空。」這是離開家鄉前朋友送給媽媽的話。

　　總被她壓在心房最底的鄉愁，每次總會因為看的是同一個天空和星星，讓故鄉的歌再度響起，眼前不知道是眼淚還是星空的朦朧，總之就

是模糊地悵惘了，現在家鄉秋天了呢！栗子醬蜜栗子紛紛上陣，箱根車站前的黑糖栗子饅頭，應該也開始賣了吧。

鄉愁真的像妳說的是難解的酒。

孩子教她的，是她沒發現的小美。早晨，蘋果的星芒如同墨色天空上的星星一樣，持續對媽媽與孩子的生活放送溫暖，酸香氣味裡我們加了甜甜的糖，嘴裡心裡，微微奏起一首，替生活加油的微笑力量。

小樹和小小樹

有陽光的時候，後花園是一片盈綠，裡頭有很多果樹，除了八十歲的蘋果樹、核桃樹，還有黑梅樹和一顆銀杏，那棵銀杏，應該是之前某個家庭的某某孩子誕生時，種下的樹，看起來還很年輕，直挺挺地站在中間。這裡的人們，孩子出生、買了房子，常送上一顆小樹，喜見其開枝散葉，像媽媽看孩子一樣。

迷迭香在陽光下是盈眼的碧綠，種在地上的土壤裡可以抽長到一公尺這麼高，隨手拂過針狀的枝，手心裡滿是讓人抖擻的香氣。奧勒岡就比較辛辣一些，做比薩時得來上幾葉；百里香帶點金黃，氣味和它的葉子一樣，是種淺淡的存在。為了加重香草佛卡夏麵包裡的香氣，拔了一些新鮮香草切碎，跟乾燥香草和在一起拌入溼黏的麵團裡。

「我也要做！」滾動大眼睛的五歲 Mia 嚷著。

媽媽開始有些擔心，畢竟那是她等待一整夜發酵完成的麵糰，想一個人好好完成。

「那妳去拿小椅子。」一隻腳正被另一棵小小樹環抱的媽媽說。「幫我把香草洗一洗，迷迭香一根一根拔下來。」媽媽緩慢移動身體，想要拿草莓優格來引開小小樹的纏身。

「媽咪，是這樣嗎？」「要放幾根迷迭香？」

「媽咪，太軟了，我再加點麵粉！」對製作佛卡夏麵包、好奇發出一堆疑問的 Mia，全心全意地想照顧好眼前的麵糰，像她幫洋娃娃洗澡一樣的投入。

媽媽一向喜歡獨處，廚房裡、書桌前、浴室裡，腦子裡從不停歇地思考種種計劃、夢想，每天在「母親」和「個人」之間練習找到平衡。她愛極了做母親，能看孩子畫圖的俐落線條、能聽孩子天真的語言、能擁抱孩子在懷裡入睡，對她來說都是豐澤的恩賜。但她同時也需要極大的個人空間，像一匹野馬，需要一片看不見邊際的土地，可以痛快地迎風馳騁與伸展。只是這個下午，野馬伸展不了，無奈地把自我收起來，嘗試一起與放手，她想起「媽媽是最初的老師」這句話，不忍抹煞孩子想學的雀躍。

Mia 洗了洗手，蹲下來盯著烤箱裡慢慢變成金黃色的麵包，臉上帶有驕傲的成就感。媽媽想起她剛出生時，五十公分身長、像洋娃娃一樣的靈動大眼、像棉花一樣柔軟細白的肌膚，回憶的甜美蓋過了眼前想撕

吼的情緒。媽媽閉上眼睛，抬起手心順了順散亂的頭髮，手心裡還有酵母和麵團揉在一起發酵的麥香，平心收拾起眼前一攤被蹂躪的廚房。

腳邊的小小樹昂起頭，雙手一攤表示他的草莓優格沒有了，媽媽笑了，她喜歡看他吃飽的模樣。

放涼的佛卡夏是晚餐的 side dish，Mia 摸摸烤過的迷迭香，彷彿在欣賞自己下午的演出。原來與五歲夥伴一起同工的結果，跟自己獨自演出一樣好。媽媽在迷迭香和海鹽的鹹味之間，決定下一次還要一起同工，並且多派點工作給五歲小樹。

她心裡知道有一天，這女孩會獨自完成一盤佛卡夏給她送上，小樹終會茁壯。外頭依然清亮，傍晚的斜陽淺照在銀杏樹上，一片清脆盈綠。

草莓甜

夜半讀起你的照片,想著你就像我身邊的小花,姿勢向陽的樣子。

其實很抱歉,沒有好好記錄你兩歲的生日,那天草草就過完了,本來想畫一張兩歲樣子的素描送給你,畫面是你撐著胖胖臉頰、趴在桌上眨眼的無辜模樣,怎麼會知道台北和東京的有趣,讓媽媽像嗑了藥般上癮,一玩一個月過了,雖然也有認真帶著你但總覺得愧疚,不是像我們在紐西蘭時那樣對你全心全意。畢竟媽媽好久沒看到朋友、好久沒好好逛書店、更別說對睽違八年的進戲院看電影這件事多麼地渴望與期待。

兩歲的你,實在調皮得讓我吃驚,一年前我以為生了一個溫柔的男孩,到哪裡去了?這幾天你用中文說了很多新字,從「不要」、「屁股」到「不要打我屁股」,我笑了,摸一摸你的頭,但我還是要打你屁股。

世界很好玩,媽媽知道,因為我一直在玩,用拍照、用畫畫、用做甜點、用花花草草,好玩的事情多到我都自私的想放下你,自己去玩。何況是才兩歲的你,你眼裡的世界鐵定比我更新鮮且華麗百倍。

回到媽媽的故鄉台北，一切就有趣得讓媽媽管不了那麼多，像是初戀時每分每秒都想奔出去的狀態。夜深了，對街大樓的住戶一家一家的燈慢慢熄滅下來，街上偶有機車呼嘯而過的聲響，都讓我捨不得睡覺，依然往窗下看了又看，沒有特別想些什麼，但總覺得這裡熟悉卻又有著那麼些無法握在手上的扎實感。

　　總是要離開的。
　　家和故鄉，在不一樣的地方。

　　記憶卡裡的溫度應該可以撐好一段時日，接下來，我還是可以牽著你去草地翻滾，心急著工作卻還是可以慢慢跟在你的小腳步後面，因為你是我最好的小朋友，是相依為命的那樣緊密的好。

　　台灣的草莓好吃嗎？你愛吃的草莓就是在這樣的地方、先開小白花再結果才長大的，下次再來，我想你會拿好剪刀，不急。

　　我一直知道，何其幸運，有這樣可愛，像草莓一樣甜的小花美男陪著我。

Fion's Recipe

孩子愛吃的
草莓巧克力

準備材料：

草莓：台灣的草莓季時，大顆草莓多汁又甜，裹上一層巧克力，
很討小朋友喜歡。草莓洗淨，紙巾拭乾，不用刻意去掉蒂頭，裹
上巧克力前可插入竹籤輔助。

巧克力醬：選用烘培用巧克力丁，隔水加熱融化，巧克力丁會慢
慢化成濃稠狀，最後成液狀，此時便可將草莓輕輕轉一圈，裹上
巧克力。

製作步驟：

準備保利龍塊，抑或是竹編籃，將裹上巧克力的草莓插在上面，
等待巧克力硬化凝固即可。

MOM, LOOK AT MY NEW SMILE

　　頭髮棕白色的老護士，從椅子上起身走向長廊最裡面的房間，輕輕地拉上了門，怕驚擾了其他人，因為房間裡的小女生正放聲地嘶吼尖叫。等待區又來了一位小弟弟，護士阿姨一樣送來了一杯桃紅色、號稱蔓越莓汁的甜藥水，據說喝下去十分鐘後，會進入昏迷幻想的世界，一旁玩弄小車車的 Lulu，又上前去討了一次，「汁汁、汁汁」，他納悶地想說，為什麼其他小朋友都有一杯，但是他沒有。媽媽在一旁坐立不安、東看西看，很怕這一杯下肚，能不能醒來？Mia 姊姊像是吃了毒蘋果的白雪公主那樣，緩緩地、軟了下來，躺在爹地的身上，眼皮也慢慢地垂了下來。那是這裡牙醫拔牙的方式，先弄昏再拔。

　　以為喝了昏迷藥就不用打麻醉針的媽媽，等待之間心思紛亂，會不會醒來？！不斷在心裡發問著同一個問題。

　　啊）））））））））長廊內的房間傳來高分貝的尖叫哭聲，媽媽居然笑了，糾結的心頭這才放鬆開來，還好，女兒還醒著。

為了不要再引起牙齦發炎，牙醫建議把已經搖晃的乳牙拔掉，以免小嘴唇再腫得像鴨子一樣，可憐又好笑。牙醫把拔掉的小乳牙，裝在一個牙齒形狀的項鏈裡面，戴在她的脖子上，雙眼哭得紅腫的她依偎在爹地肩膀，像她小小時候那樣撒嬌，一邊掉眼淚一邊啜泣，還一邊要問牙仙子（tooth fairy）什麼時候會來。原來在西方，當小朋友拔掉牙齒，晚上要把牙齒放在一杯清水裡，等待 tooth fairy 來，拿走乳牙並給上幾個銅板，小朋友可以去買喜歡的小東西。

　　隔天早上，Mia 得到了三塊錢，她一如往常開始唱歌、跳舞，絲毫沒有昨日拔牙的痛楚，還命令媽媽說等下就出門去買東西。結果逛來逛去，她想要一雙「閃亮的鞋」，算算還差九塊，慶幸女兒還健康唱歌的媽媽大方地借了她九塊錢，完成 tooth fairy 給太少的任務。

　　拔牙的十分鐘內，孩子的尖叫聲，直接又深深鑽進媽媽的心臟裡，速度就像嬰兒的哭聲會讓母乳直接反應流洩一樣，我這才知道，孩子與母親，一輩子都有難以割掉的隱形線，時時牽繫彼此。

　　快樂的 Mia，應該還不知道什麼叫做美醜，覺得沒有門牙是件很酷的事，於是到處展現她的新笑容：「LOOK at my NEW SMILE!」

　　記於 Mia 5 歲 8 個月。

天真

　　某天，在前往熱帶小島的船上，看見站在碼頭迎接觀光客的島國人民用他們天生豐厚的嗓音，裙擺搖搖唱起歌，藍天下單純美好得如孩子獨有的天真。

　　百科形容天真，有時是一種淺淺的微笑，有時是一個滑稽的動作，有時是一段美妙的嬉戲，或許顯得幼稚，但從來不帶邪惡念頭。

　　我有時發呆，我快走，我用腹部呼吸，我穿過森林，我試著感受我自己。我也會彷徨，我們都有所期待，自己的心臟因為「真」而跳動，在我們活著的時候。

　　只不過，我的天真，隨著我的身體變大變高，我的路越走越長後，有時被遺忘、被藏起來、被丟棄。

　　但這幾年的我，常常可以蹲下來，用六歲或兩歲的視野，畫幾張畫，交換某顆相通的心，都因為我的兩個小跟班。

有了孩子後的週末，我們多半往花園、森林去，你也知道，那裡有各式各樣的野花和樹葉。初春和秋天，樹上常常會有一些晶瑩剔透的小果子，我通常叫不太出來正確的學名，只管喜歡就是了。喜歡得好想帶回家，於是忍不住的攀折了小枝，還一邊良心不安地左探右望，不知道是不是有森林管理處的人尾隨在後，拍照記錄我總是亂折花木？擔心之餘也同時請教專家，要折哪個節點才可以讓植物開出更多散枝，算是一種對大樹的間接補償？

　　孩子們知道媽媽喜歡綠色的果實、喜歡針狀的樹葉……追奔跑跳嬉戲間，還不忘幫媽媽採集特別品種。湊近鼻子聞松樹的葉，一貫不變的松香是它會給你的回應；圓瓣的灰綠色尤加利葉，是無尾熊賴以為生的食物，它的葉莖堅韌，不好攀折，如果忘了帶剪刀，得使上好大一股力氣，手上沾滿黑黏的汁液是處理尤加利葉後會發生的事，我的花草老師教我把它放在最後，才不會沾黑了其它花草。

　　柳樹垂在河畔的細枝，去除葉子後，趁著還軟的時候繞圓兩圈、前後支點交叉固定後待其乾燥，可以當作花環的底座；深綠色的迷迭香，在陽光飽和的地方抽長得特別使勁，我喜歡它的香氣，心情不好時常常蹲在它的旁邊摸一摸小枝，也摸摸泥土。

森林的草地上，偶爾會有一些野生的多肉植物，心裡盤算著它們可以用來搭配針狀葉，應該美極了……太陽下山前，不知不覺手上已經抓不住再多的小枝野花，後車廂內不斷送出淡淡的迷迭香和尤加利葉的清新氣味，每回的森林散步，帶回的禮物總是濃郁的綠色香氣，不是多大的禮物，但心總是滿滿的。

　　傍晚天氣涼涼的，即使有陽光。

　　套上一件羊毛背心，捲起袖子條理了一下後車廂的綠色小禮物，就像每次旅行回來都得花點時間把衣服歸位、紀念品擺出來、照片再回溯一次的例行。小東西們兜起了一個圈，成了一個綠色小花園，我想起高中有堂水彩課，深入探索顏色的冒險。

　　那堂水彩課，老師要我們用單色思考畫一張畫，以瞭解每個顏色之間明度與彩度的關係。記得我拿起藍色群的顏料，藉由水的多寡嘗試，在畫紙上渲出深深淺淺的藍色，那天的畫紙，像一幅晴空連接著海面的景。被水稀釋後接近透明的藍，形成藍天裡的白雲，中間色段的藍，形成了海面上的淺灘地帶，而未被稀釋的原始靛藍，在我的畫面裡看起來像是深海地帶，一處我至今未曾有勇氣潛入探索的海底世界。

　　那樣的思考影響我很深，漸漸凡事總會問還有哪些可能性，抑或思

考更為多面。不論我後來認識了多少顏色，那次能夠如此專注研究單一顏色的旅程，就像是參加一堂手作課，當下只在乎手指端的針線與手心裡那雙要縫給即將出世的寶寶的布小鞋，全心全意的過程，既迷人又是一種小確幸。

　　穿上厚襪子，還得去外頭的小木屋搬些木頭進屋燒柴，生火取暖，手心來回在藍衫木頭上撫摸，想到下午在森林裡，用一樣的心情撫摸著樹皮，心裡喃喃地對大樹說：「有一天你會變成一張漂亮的桌子或幾張美麗的紙，要變成漂亮的東西喔！如果有一天你不想待在森林裡。」

看到冒煙都吹吹

對，麵麵燙燙，要吹吹

嗯對，飯飯燙燙，要吹吹

嗯…洗澡水燙燙，也可以吹吹

咦…冰箱不燙，可以不用吹吹

生日蛋糕的蠟燭…
是要給壽星吹的

親愛的，冰淇淋不用吹

來自花園的食材

　　後院這棵約八十歲的蘋果樹，樹枝上有些綠色白色的樹苔，十一月春季時，嫩綠的新葉探頭出來，展開這一年的姿態。時序進入秋，二到三月，樹枝頭上便會出現小小翠綠的果實，媽媽都叫它 apple baby，跟你們剛生出來一樣討喜。

　　去年蘋果盛產，怕辜負了蘋果樹爺爺的給予，一天做蘋果派、一天做菠蘿蘋果配冰淇淋、還可以快速完成烤焦糖蘋果鬆餅，我們家的蘋果口感酸香，很適合甜點烘焙。那一陣子，每天都有豐富的鐵質。

　　它堅硬的樹枝，也適合拿來刻印章，媽媽想起日本鎌倉一位創作家，喜歡用蘋果樹枝客製印章，手心不禁來回撫撫蘋果樹枝，像是說聲謝謝。

Fion's Recipe

香烤焦糖蘋果鬆餅

準備材料：

鬆餅麵糊：4 顆雞蛋 、½ 杯牛奶 、½ 低筋麵粉 、一湯匙砂糖 、一茶匙香
草精 、一小撮鹽巴

焦糖蘋果：2 顆偏酸的蘋果（青蘋果佳）、30g 無鹽奶油、3 湯匙褐色砂
糖（二砂）、一棵檸檬擠汁、1/2 茶匙肉桂粉

製作步驟：

1. 建議用可進烤箱的平底鐵烤盤，烤箱預熱 180 度。

2. 混合鬆餅的所有材料，攪拌均勻至平滑稠狀。

3. 蘋果切小片，約 2cm 左右的三角小片狀。

4. 製作焦糖蘋果，先把奶油在鐵平底鍋溶化後，加入蘋果塊、肉桂粉、
檸檬汁、二砂糖，約 15 分鐘直到蘋果變成褐色後關火。

5. 倒入步驟 2 的鬆餅麵糊至步驟 4 的鐵平底鍋內，稍微攪拌均勻後，放
入烤箱內烘烤 25 分鐘左右，直到鬆餅呈金黃色，上桌前撒上細糖粉。

Tips: 烘烤間鬆餅膨脹是正常現象，出爐後會鬆餅會消氣成薄餅狀：）

to be continue...

與自己重新相遇

「這,是什麼?」Mia 蹲下、捧起路邊褐色帶刺的東西。「這應該是栗子!」媽媽睜大了眼睛,精神瞬間振奮起來,順著眼前一路咖啡色的果實看過去,是她曾在京都遇見的生栗子,一模一樣。

栗子樹爺爺的附近,有一棟英國式的建築,是白色和紅色相間的木造房子,媽媽牽著兩個孩子,手裡提了一袋重重栗子,在回家路上打探著裡頭的模樣⋯⋯

栗子樹

　　午後，溫暖的陽光斜照在窗外遠處的樹上，原本暗紅色的樹葉變成晶亮的寶石紅色，綠叢之間一株亮紅像在發光，透過家裡工作室的玻璃窗遠遠看出去，感覺不是距離太遠。

　　「走！時間還早，我們去走一走。」

　　媽媽心一起，拉著孩子們，想走過去湊近一點看發亮的寶石紅樹。

　　儘管媽媽的方向感老是欠缺天分，再度在右轉左轉之間迷了路。心裡一邊害怕，卻也鼓起勇氣相信只要一直順著直覺往小徑前進，就有機會欣賞到未曾謀面的祕密花園。

　　媽媽一向寬心於旅行間的迷路，覺得是樂趣來著。一如她一個人旅行時，小巷弄之間因為迷路而發現有趣的小鋪子，一如之前迷失在長滿麥草的鄉野，最後才能欣賞到高峰上的野生繡球花田。

腳底下不時踩到一顆一顆的橡實，蹲下來瞧一瞧，撿起一顆放上手心裡。「你看！這顆跟你一樣，也帶著帽子。」我對著一起散步、眼神清亮、正撿起一片黃色落葉的兩歲兒子說。

　　「這，是什麼？」Mia 蹲下、捧起路邊褐色帶刺的東西。「這應該是栗子！」媽媽睜大了眼睛，精神瞬間振奮起來，順著眼前一路咖啡色的果實看過去，是她曾在京都遇見的生栗子，一模一樣。她在森林裡三步作兩步地牽著孩子小跑步，心跳加速了起來，個頭還很小的弟弟半跑半被媽媽拖著。

　　「那裡更多！」Mia 嚷著。「Wow！」媽媽低頭看看腳邊掉落滿地、繃開的栗子殼，又抬頭看看仍結在樹上微開的栗子，確定是栗子樹爺爺沒錯，她用雙手環抱粗壯的樹幹試著靠近，臉頰貼在樹皮上，媽媽一向喜歡樹皮的溫潤。

　　這棵環抱不起來的栗子樹，是一棵約一百歲的胖樹，沒有很高，但枝葉向天空遼闊開展，因為年邁健壯結成好多果實，全身帶刺的栗子球果高掛在樹梢上，大部分都已經從夏天的翠綠色轉成秋天的黃褐色。一向喜歡吃栗子的媽媽，這會兒因為小徑間的迷路，遇見真實的栗子寶寶，不禁在樹下屏息讚嘆，不時蹲下來撿拾滿地樹爺爺給的禮物，也不時抬頭仰望結在樹上刺絨絨的可愛模樣。

小心翼翼地撿拾已經爆開的栗子果實放進手袋裡，心裡盤算著這該做栗子醬好？還是做栗子蛋糕？還是晚餐來做栗子燉雞肉，加一些九層塔，就是一道下飯的料理……

不一會兒功夫，手袋已經塞滿了意外遇見的栗子們。

栗子樹爺爺的附近，有一棟英國式的建築，是白色和紅色相間的木造房子，媽媽牽著兩個孩子，手裡提了一袋重重栗子，在回家路上打探著裡頭的模樣，玻璃窗前有些畫筆、有些雕刻刀，也有黑板與粉筆，看起來像是教室。不一會兒一位老師從裡頭走了出來，打開門說歡迎進去參觀，桌上擺滿花花綠綠的活動簡介，原來這裡是類似社區活動中心的機構。一些看起來很有意思的手工課程，讓媽媽憶起以往和家鄉好朋友一起創作的時光，心頭泛起濃濃鄉愁，也想在這裡試試看不一樣的創作、認識不一樣的朋友。

爾後隨著參與活動，不時也來探望和撫摸栗子樹爺爺的溫潤樹皮，慢慢和老師熟識了起來，她似乎看透了媽媽的心，知道媽媽正需要什麼、等待什麼。

在栗子樹爺爺完成秋天的綻放後，剩下枯枝照映藍天，進入冬眠的聖誕節前，老師決定要給來自異國的媽媽一點溫暖，就在星期二、她通常都前往參加社區活動的那天。

「抱歉，溫蒂，我身體不舒服，今天要請假不過去了。」媽媽寫了一封信給老師，趁她出門搭公車前發出。

「喔，不，我希望妳晚一點來也沒關係，但無論如何都希望妳能來一下。」溫蒂老師以超快的速度回覆了電子郵件，在她出門搭公車前。

媽媽在金黃色的陽光下山前，仍未前往。

忽然間，「叮」的一聲，手機遠遠傳來接收到郵件的提示聲響。

「很可惜今天未能見到妳，我試著按照妳報名資料上的地址走到妳家，投遞了一份預定今天要給妳的小禮物，希望妳有空到信箱看看，祝福妳回台灣後，充滿電回來⋯⋯」是溫蒂老師傳來的郵件。

媽媽立刻跑去打開信箱，一個淡紫色的盒子躺在信箱裡。呼吸急促的媽媽手有點冰冷，微微顫抖地試著小心打開盒子，一張美麗的粉橘色信紙掉了出來。呼吸急促倒不是因為她跑著去開信箱，而是她腦中立即

想到家裡到社區的近路正在施工，需要繞一大圈，花上比平常多二十分鐘的時間才能步行到達，那年近七十歲的溫蒂老太太，走了多久？！

媽媽冒著冷汗揣測著也內疚著。

「很高興栗子樹找到了妳，把妳帶進我們這裡，希望妳在這個城市，尤其是我們都喜愛的大自然裡，能找到一個新的自己，當我做園藝時，我口袋裡頭總是有放大鏡，有時候，蹲下來，靠近一點、走近一點，妳會發現很多的「WOW」（意指驚喜貌），花芯裡、葉片裡、世界裡，有很多妳還沒找到的「WOW」。要給它時間，我想妳會越來越好，要走近一點、靠近一點，會比妳心裡想的容易許多。人們一直逃避恐懼的事，但事情不甘休，會一直找上門來。要知道，恐懼或許是一種生存的力量，與恐懼安然同在也是一生的功課，有一個必須生存下去的理由，或許就能在恐懼中讓生命的光彩發揮到極致。」

時空像是凝結了，媽媽漠然的雙眸得重新調整焦距，溫熱的淚水不爭氣地流過臉頰，她不太習慣受到別人如此親近地照顧與給予，但同時也明白人活在這世界上，是無法孤獨生存的。

六歲，原來就可以這樣懂事。Mia 知道媽媽喜歡栗子，從學校回來的路上，撿了一口袋的栗子，說是禮物。紫紅色毛衣的兩個口袋，裝滿了發亮的栗子，媽媽笑了，儘管也同時思念起箱根車站的黑糖栗子饅頭和好朋友 S 的白蘭地栗子醬，笑容裡也摻了一點想遠行的悠然期待。

　　星期天說好不煮飯的，結果還是又站在廚房一整天，趁栗子還熱趕緊剝皮，才能把難剝的內膜順利取下，但也不是每次運氣都那麼好，有些內膜長到栗子肉裡去，得用小刀輕輕挖，最後，完整一顆可以做蜜栗子的，大概只剩半斤。而有時候，也會剝到可愛的愛心形狀，這時，被熱水和剝殼雙向侵襲的手指們，便會跟心頭一起微笑一下，然後輕嘆一口氣，繼續為了美味前進。

來自花園的食材

秋天的餐桌上，除了期待一鍋野菇飯，也期待黃澄澄的栗子
飯。住在城市時，多半是以進口的罐頭栗子放進生米飯裡一
起烹煮，這兩年則多以撿來的生栗子，為自己秋天的餐桌彩
上幾筆秋天專屬的栗子香氣。

Fion's Recipe

栗子飯

準備材料：

說起剝栗子，相信有經驗過的朋友一定都有難忘的手指痛楚，當然這剝栗子的步驟，真的也只有耐心加乘，為了待會兒的美味請繼續努力下去。熱水煮去皮法和微波爐加熱去皮法，都是有經驗者推薦的方式，自己嘗試多種剝皮方式後，格外推薦以下方式：先將生栗子外皮用小剪刀剪一刀，並剝除硬殼，旁邊備一鍋煮沸的熱水，放入含有內膜的生栗子，靜待 2~3 分鐘後，趁熱把內膜搓掉，栗子多半都還能保持完整，蜜起來的形狀依然可以完整。

製作步驟：

將剝好皮的生栗子，放進洗好的生米裡，水分不用多加，同正常的煮飯水量即可。伴著具自然甜味的栗子煮的米飯，會有別緻的特殊香氣，是媽媽在秋天至少要嚐一次的味道、餐桌上要上菜一次的秋天小幸福。

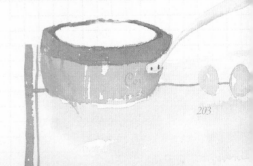

Fion's Recipe

香草蜜栗子

製作步驟：

1. 取一深鍋，先小火炒糖（二砂），再將去皮後的栗子，放入鍋中，並放入冷水，水份約蓋過栗子即可。

2. 香草夾切開，刮出內芯的香草籽，連同香草莢一起放進鍋內，繼續用小火續煮 1 小時，才不會讓栗子易碎。熄火放涼，讓栗子在香草糖水中漬 2 小時。

Tips: 若喜歡較鬆軟的口感，可以重覆用文火加熱一小時，在放涼漬 2 小時。

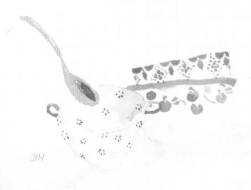

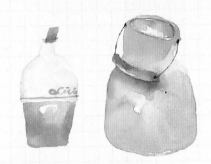

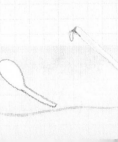

The Millhouse

Fion's whisper
寫在最後

孕育、妊娠、撕痛、初見、懷抱，十個月，近三百個日子的浮沉，我們看見生命、看見天使。

女孩，從一個不知道怎麼和小朋友玩、一個不知道怎麼跟小朋友童言童語、一個不知道乳腺會對哭聲有反射本能般的回應，到一個終於知道世界上有比牙痛還痛一百倍、一千倍的痛楚，女孩成了一位母親、一個被孩子喊媽媽的女人。在她選擇了婚姻這條路後。

這女人付出了青春，承載的卻是接下來的歲月，她仍無法預期與掌握這降臨在懷裡的軟綿綿天使，將來會在她生命裡佔著什麼樣的位置？！但她緊握著每一次溫柔的注目。天使安好，便是晴天。天使帶來所有新的一切感官，讓肚皮鬆弛的女人沒有怨言、平心地接受這一切身體上的改變。

　　她沒有時間計較自己的老化，也沒有急著買自己的除皺霜，
她倒急切地買了一臺單眼相機，聽說這鏡頭有淺景深，可以把小
Baby 拍得漂亮；她親手縫了一雙漂亮的碎花小鞋，聽說布料是法
國空運的上等棉布；鐵齒的她開始認真地聽老一輩說，囝仔郎肚
子要包緊，邁吼風吹丟；她的感性，在當了母親之後，全然釋放。

　　她不是說過絕對不會開始寫育兒文？

　　然而她忍不住破壞原則，她擔心自己記憶力下降的速度快過
於孩子長大的速度，她描繪分析著天使的輪廓，她想記得她孩子
的樣子。

我 想 記 得 你 現 在 的 樣 子 。

生活練習所 08

我想記得你
現在的樣子

Fion 寫給孩子的生活日記

作　　　　者 —— Fion 強雅貞	經紀副總監 —— 熊俞茜
主　　　　編 —— 何曼瑄	行 政 編 輯 —— 許菁芬
封 面 設 計 —— 許琇鈞	編 輯 助 理 —— 汪新樺
內 頁 設 計 —— 有空文創工作室	發　行　人 —— 黃俊隆
企 劃 經 理 —— 鄭偉銘	總　編　輯	

出　版　者 —— 自轉星球文化創意事業有限公司

住　　　址 —— 台北市大安區臥龍街 43 巷 11 號 3 樓

電 子 信 箱 —— rstarbook@gmail.com

電話／傳真 —— 02-8732-1629 ／ 02-2735-9768

發 行 統 籌 —— 華品文創出版股份有限公司 ／ 02-2331-7103

總 經 銷 —— 大和書報圖書股份有限公司 ／ 02-8990-2588

法 律 顧 問 —— 益思科技法律事務所

印　　　刷 —— 前進彩藝有限公司 ／ 02-2225-0085

2014 年 7 月 8 日初版一刷

自轉星球 2014 Revolution-Star Publishing and Creation Co., Ltd.

國家圖書館出版品預行編目資料

我想記得你現在的樣子／強雅貞作 .
-- 初版 -- 臺北市：自轉星球文化，2014.07
216 面；14.8×21 公分（生活練習所；8）
ISBN 978-986-88755-9-3（平裝）

855　　　　　　　103009427